まいごの まいごの アルフィーくん

Dear Hound

ジル・マーフィ 作　松川真弓 訳

評論社

DEAR HOUND
by Jill Murphy

First published in Great Britain in the English language
by Penguin Books Ltd.

装丁／川島進

まいごの まいごの
アルフィーくん

ディア・ハウンドの耳の形

ふつう

寝起《ねお》きの
クセ耳

風になびく
木の形

両方向
聞き取り可能《かのう》

びっくり
ぎょうてん

おばあちゃんの
ボンネット

ウサギ耳

半分ウサギ

全身で
傾聴体勢《けいちょうたいせい》

〈ディア・ハウンドについて〉

アルフィーのお話を読む前に、知っておいてほしいことがいくつかあります。

1. 耳の形

いろんな種類《しゅるい》のイヌのなかでも、ディア・ハウンドの耳はとくに表情《ひょうじょう》ゆたかです。「ディア・ハウンドの耳の形」の図をごらんください。

2. 速さ

時速六十キロで走る車を追いぬくこともできます。

3. やさしい猟犬《りょうけん》

猟犬のなかで、特別《とくべつ》やさしくておだやかなのがディア・ハウンド。飼《か》い主《ぬし》のきげんをそこねないよう、いつも一生けんめいです。

4. **食べ物**

いちばんのごちそうは、牛肉。大好《だいす》きなおやつはチーズで、種類《しゅるい》は問わず、においが強ければ強いほどいい。だれかがチーズ・オニオン・チップスのふくろをあけようものなら、きっとかぎつけます、それが二軒《けん》先の家でもね！

5. **鼻せんぼうきょう**

鼻の先をぐっとまげることができます。

6. **笑顔《えがお》**

人に会ってうれしいと、笑顔になるコもいます。

7. こざっぱりとした耳

ディア・ハウンドにとって望《のぞ》ましい耳のあり方とは、外側《そとがわ》のボサボサした灰色《はいいろ》の毛をそいで、下にかくれている黒いスベスベした短い毛にしておくことです。

8．寄《よ》りかかり

ディア・ハウンドは人にもたれかかるのが好《す》き。あいてが大好きな人の場合には、とくに。

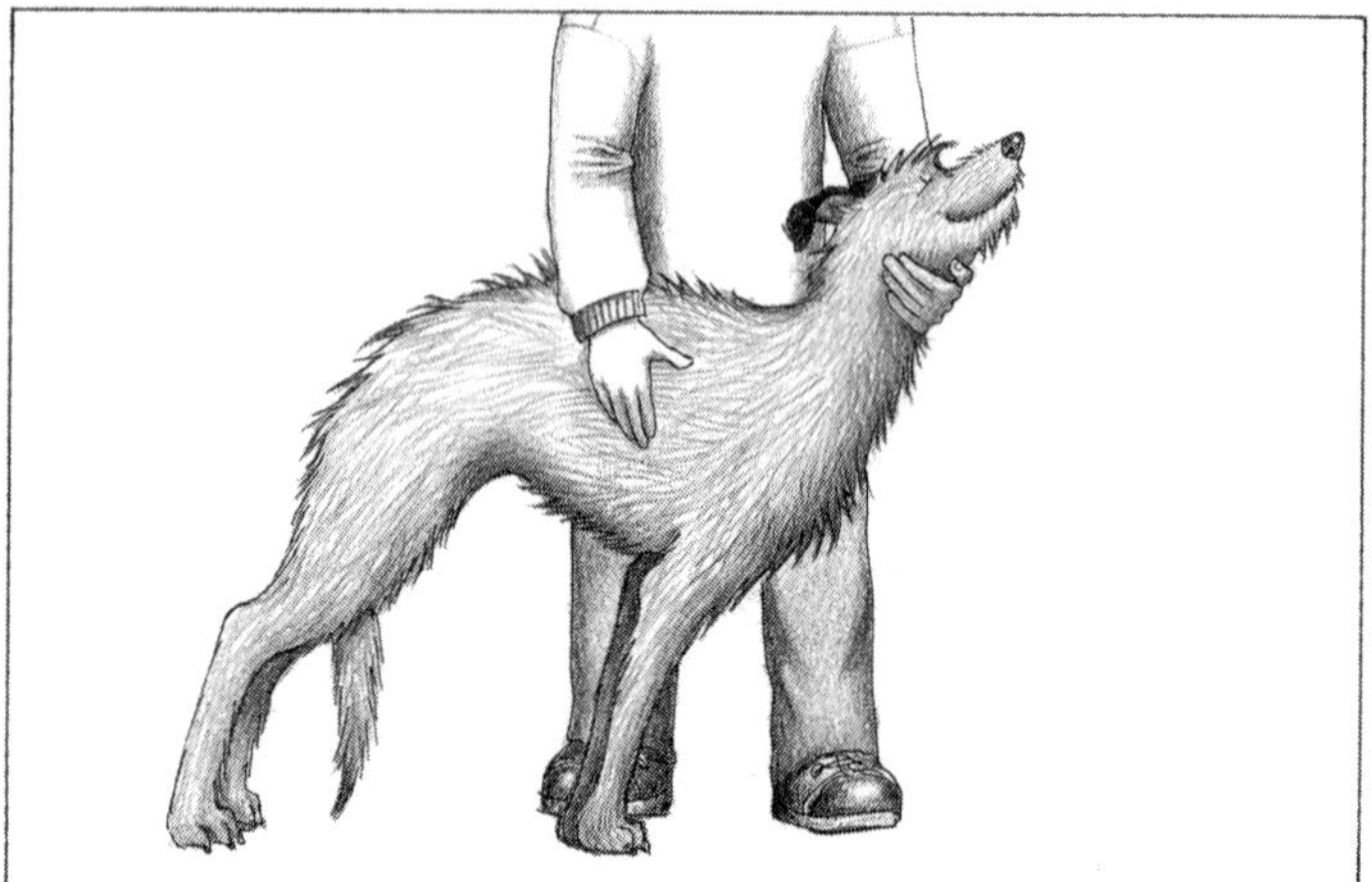

9．庭いじり

庭に穴《あな》をほるのが大とくい。いったん穴をほりだしたら、地球《ちきゅう》の裏側《うらがわ》にとどくまでやめないぐらい。

ディア・ハウンドの大好《だいす》きなおとぎ話

10. カウチポテト

楽チンなことがなにより好きです。ソファでもベッドでも、けっこう。「ディア・ハウンドの大好きなおとぎ話」のイラストをごらんください。

11. まんまるおじぎ

だれかに会って特別《とくべつ》うれしいときとか、悪いことをしてまずいっと思ったときに、結《むす》び目《め》のようにまるくなろうとして、まんまるおじぎをします。ときには、頭をしっぽのほうにまげすぎて、バランスをくずしてころんだり。

第 1 章

　その日は、すばらしい秋の日として始まりました。心がうきうきして、外に出かけたくなるような日。いいことばかりが起こりそうな、そんな日でした。

　二ひきのネコが、たがいの家の庭ざかいのへいにうずくまっていました。一ぴきは、茶色とクリーム色のラグドールで、名前はフローレンス。もうかたほうは、白と黒の「特別《とくべつ》な血すじではない」オセジヤという名前のネコでした。二ひきは静けさのなかで、のぼってくるお日さまのほうを向き、体をそよ風になでさせていました。

「ところで、おたくの怪物《かいぶつ》くんとは、どんなぐあい?」

オセジヤがききました。

「うまくいってるわよ」

青く澄《す》んだひとみをまたたかせて、フローレンスが言いました。

「先週、あのコとおしゃべりして、ちょっとしたとりきめをしたのよ。そしたら、イヌが変《か》わったようになったの。かえってよかったわ、本当に。始めは、さわぎたてるし、わたしを庭じゅう追いまわすしで、こっちがどうにかなりそうだったけど」

「いったいどうやったの？」

オセジヤは、好奇心《こうきしん》にかられてききました。

「ディア・ハウンドなんかと、どんなとりきめができるのか、想像《そうぞう》もつかないよ」

「とってもかんたんだったわ」

と、フローレンス。

「あのコ、カミナリがこわいのよ。心の底《そこ》からこわがってるの。だから、これからぜったいに、わたしやほかのだれのことも、追いかけまわさないってやくそくするなら、嵐《あらし》のときは、台所でくっついていてあげるってやくそくしたの。そうしたら、すごいききめだったのよ」

「かっこいい」

オセジヤは、感心して言いました。

お日さまが屋根や木々のてっぺんまであがり、二ひきのネコは、朝の早い人たちが車で仕事に出かける気配を耳にしました。フローレンスは立ちあがって、心ゆくまでのびをすると、

「家に帰って、朝ごはんを食べようかしら」

「おいしいといいね」

と、オセジヤ。

「いつもと同じドライフードよ」

フローレンスが、肩《かた》ごしに答えました。

「でも、おいしいの。またね」

「ゴロゴロゴロ」

オセジヤは、のどを鳴らしました。

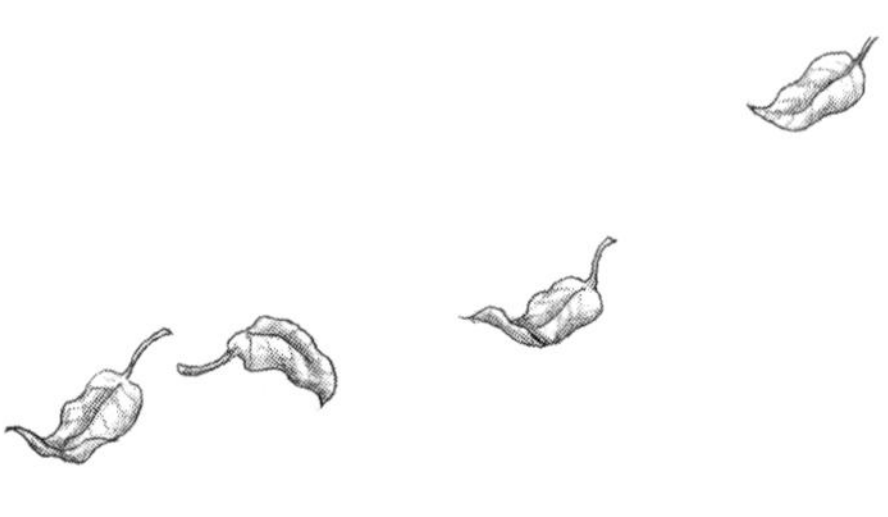

第2章

台所では、ディア・ハウンドのコイヌのアルフィーが、大きなやわらかいクッションの上で、ボールのようにまるまって、ぐっすりねむりこんでいました。アルフィーは、すばらしい夢《ゆめ》のまっさいちゅう。フローレンスを庭のすみにある、まがった木のてっぺんまで追いつめたところです。アルフィーが、後ろ足で立ちあがり、前足で木をゆらすので、ひんじゃくな枝《えだ》にしがみついたフローレンスは、今にも前足がはずれて落っこちそう。

「こうさんしろ！」

アルフィーが、ほえたてます。

「するもんですか！」

フローレンスが、わめきかえしました。
ネコ用ドアがバタンと音をたてて、フローレンスが朝ごはんにもどってきました。アルフィーは、ビクッとして目をさましました。いっしゅん、とりきめのことを忘《わす》れはて、クッションから飛《と》びあがると、やかましくほえたてながら、タイルばりの床《ゆか》をすべっていきました。フローレンスは、そばのカウンターに飛びあがりました。
「やめなさい、ぼうや」
フローレンスが、きびしい声で言いました。

「天気予報《よほう》を聞いていないの？　一日か二日のうちに、もうれつな嵐《あらし》になるのよ。わたしたち、とりきめをしたわよね、おぼえてる？」

アルフィーは思い出しました。面目《めんぼく》なさに耳をひたいの上にたらし、しおしおとクッションにもどりました。

「ごめんなさい、フローレンス」

と、口ごもり、

「ぼく、夢《ゆめ》を見てたの。ほんのすこしだけ、とりきめを忘れちゃった。もう二度としない、やくそくするよ」

「それならよろしい」

と、フローレンスは威厳《いげん》を持って言いました。

「じゃあ、今回はゆるしてあげる。ところで、

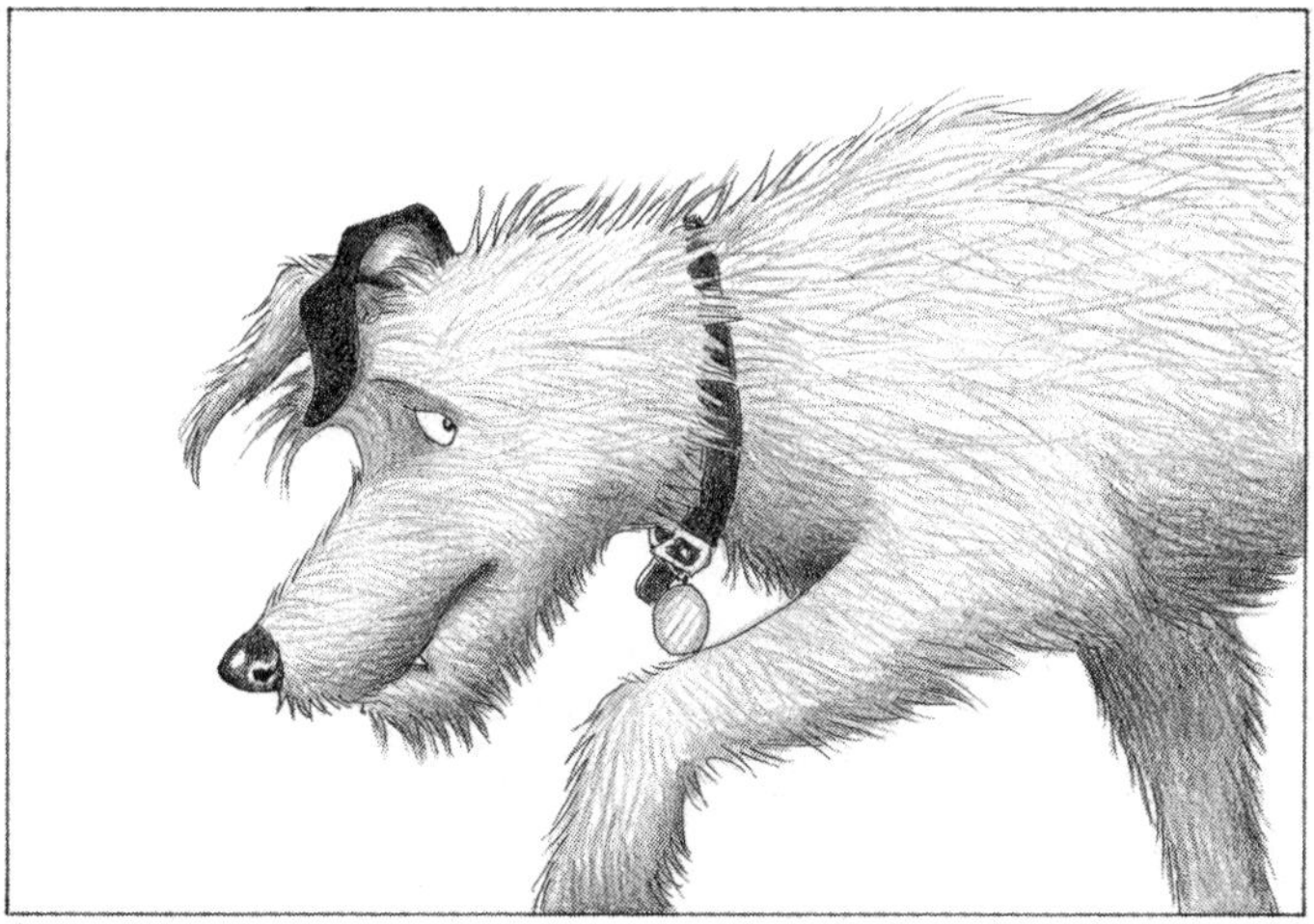

あんたの耳、どうしたの？」

アルフィーは、いっしゅん、きょとんとしました。

「かたっぽはスベスベの黒で、もうかたっぽはいつもどおり、ボサボサの灰色《はいいろ》じゃない」

フローレンスが、アルフィーにわかるように言いました。

「ああ、これは」

アルフィーは、もぐもぐと、

「ええとね、ディア・ハウンドの耳は、ボサボサの毛をすいて、下の黒い毛にしておくのがいいんでしょう。ぼくの耳もスベスベにしたら、おとなのイヌのように見える

って、チャーリーが言ったんだけど、いたくてかたっぽしか、がまんできなかったの。それでみんなは、あきらめたんだ。まあ、だれも気がつかないよ」

「わたしは気がついたじゃないの」

と、フローレンス。

「ほんと、へんてこに見えるわよ。まあ、いいわ、気にしないで。クッションに行きましょ。あたためてあげる。ここはタイルばりだから、ちょっと冷《ひ》えるし、みんなもまだしばらく、起きてこないわよ」

第３章

二階では、アルフィーの小さなご主人チャーリーが、学校じゅうの名選手《めいせんしゅ》たちとサッカーの試合《しあい》をして、完《かん》ぺきなゴールを決めた夢《ゆめ》を見ながら、ねむっていました。

夢のなかでチャーリーは、シャツを頭の上まで引っぱりあげると、喜びのおたけびをあげながら、ピッチをかけまわり、ほかの選手は、チャーリーをつかまえて、背中《せなか》をバンバンたたきました。

「チャーリー！　チャーリー！」

ママの声がひびきわたり、チャーリーは目をさましました。

「シーツや毛布《もうふ》を、全部ぐちゃぐちゃにして！　いったい、なんの夢を見ていたの？　起きて、ちこくよ」

チャーリーは、かたひじをついて体を起こすと、笑《わら》いだしました。

「あーあ、ママ。ちょっぴり夢を見てたんだ。正夢になるといいな」

残念《ざんねん》そうに、言いました。

「夢なんか見ているひまはないの！」

と、ママ。

「やることが、たくさんあるんだから。朝ごはんを食べたら、いとこのクローイの結《けっ》婚式《こんしき》に出かけるのよ。さあ、急いだ、急いだ！」

「行かなくてもいいならよかったのに」

チャーリーは、ぶつくさ言いました。

ふたりはいっしょに階段《かいだん》をおりました。

「わかるわ。あたしだって、こんな天気のいい日に、アルフィーをおいて、ぜひとも外出したいってわけじゃないの。でも、向こうに行けば、きっと楽しいわよ。まあ、見て！」

ふたりが台所のドアをあけると、アルフィーとフローレンスが、いっしょにまるくなって寝《ね》ているのが見えました。まるで、絵葉書きのようでした。

「きっと、なかよくなると思ってたんだ」

チャーリーはにっこりして、ドサッとクッションに飛《と》びのると、二ひきをだきしめました。

「こら、やめろ、アルフ。おまえもだ、フロス！」

アルフィーは、夢《む》中《ちゅう》になってチャーリーの顔をなめ始めるし、フロー

レンスは、チャーリーの腕《うで》にもたれかかって、あごに頭をこすりつけるので、チャーリーは笑《わら》いだしました。

第４章

「ママが見つけた女の人と、アルフィーは、うまくいくって自信《じしん》ある？」

　トーストをほおばりながら、チャーリーがききました。

「ぜったいよ」

　ママは、安心させるように言いました。

「ジェニーって人なの。新聞の広告《こうこく》を見て電話したの。とっても感じのいい応対《おうたい》だったわ。たしかめておこうと思って、あずかってくれる場所も見に行ったわ。ジェニーは、もう何年もほかの人のイヌのめんどうを見ていてね。へいで囲《かこ》った庭つきの、すてきな小さなお家で、大きなソファがふたつもあって、その上でイヌが寝《ね》られるようになってるの。そうそう、近くの農場のなかに、イヌの運動場もあるわ。高い生垣《いけがき》をめぐらせて大きな門がついてるの、安全のためにね。ね、完《かん》ぺきでしょ。うちのかわいいディア・ハウンドには、ピクニックに行くみたいなもんよ。ともかく、十分もすれば、ジェニーが来るわ。さ、急いだ、急いだ」

「どうして農場なんかあるの？　ふつう、町には農場なんてないでしょ」

チャーリーがききました。

「町はずれにあるの」

と、ママ。

「そこは、住宅地《じゅうたくち》が農場地帯《ちたい》と接《せっ》してて、農場地帯のとなりはホークランド・ヒースの森よ。ホークランド・ヒースの森って、あなたが小さいころときどき行ったところよ」

げんかんの呼《よ》び鈴《りん》が鳴りました。

「きっとジェニーだわ！　出むかえに行って。わたしはアルフィーをおさえておくわ。ジェニーをつきとばさないようにね」

ジェニーはすてきな人で、アルフィーにとって最高《さいこう》でした。みんないっしょに庭でおにごっこをしましたが、アルフィーは、お客さんのポケットが大好《だいす》きなビスケットでいっぱいなのを見つけて、わくわくしました。でも、その人がアルフィーにリードをつけて、ワゴン車のほうに歩きだしたときは、わくわくしませんでした。ロバのように足をふんばって、チャーリーをふりかえり、あわてふためいたアシカのように、キーキーなきわめきました。

「おふたりに、車まで来てもらったほうがいいわ。あなたたちもいっしょに来るんだと思えば、ついてくるわよ」

と、ジェニーが提案《ていあん》しました。

チャーリーとママは、アルフィーのクッションをふたりしてだきかかえ、急いでワゴン車に向か

いました。ふたりは後ろのドアをおしあげて、荷台にクッションを敷《し》きました。

「おいで、アルフ」

チャーリーは、荷台にこしかけてクッションをぽんぽんたたくと、アルフィーをさそいました。

「飛《と》びのってごらん」

心地いいベッド――おまけに自分のだし――のみりょくにていこうできず、アルフィーはチャーリーのひざを飛びこえて、車に乗りこむと、クッションの上でまるくなりました。電光石火、チャーリーは飛びおりて、ジェニーがドアをバタンとしめました。

とたんに、悲痛《ひつう》な遠ぼえとむせびなきが始まりました。

「心配ないわ」

ジェニーが、大さわぎのなかでも聞こえるように、声をはりあげました。

「わたしのうちに行けば、アルフィーも落ち着くわよ。いつも、みんなそうだから」

「出してぇぇぇぇぇ！」

アルフィーはほえたてました。

「お願《ねが》い、出してぇぇ！　ネコを追いかけて、ごめんなさい！　サンドイッチをぬすみぐいして、ごめんなさい！」

「ああ、ママ」

ジェニーが運転席《うんてんせき》にのりこむと、チャーリーが心配そうに言いました。

「ほんとに行くのいやがってるよ」

ジェニーが笑《わら》いながら、チャーリーをなだめて言いました。

「心配しないで。アルフィーはすてきに楽しくすごすから」

「楽しくなんかならない！」

アルフィーは、しゃがれ声でほえたてます。

「ママのハンドバッグをかじって、ごめんなさい！　先週、花だんをほじくりかえして、ごめんなさい！　もう、ぜったいにしません！　お願い、出して。お願い、ぼくを遠くにやらないで！　お願いいいいいい！」

チャーリーとママは、しっかりだきあって、車が出て行くのを見送りました。二区画先からもまだ、絶望的《ぜつぼうてき》な遠ぼえが聞こえてきます。

「あんなに大さわぎするなんて、思わなかった」

と、チャーリー。

「めちゃめちゃ混乱《こんらん》してる」

「フローレンスほどじゃないわよ」

ママが、笑いながら言いました。

「ほら、見て！」

フローレンスは、体の毛をいかりのあまりさかだてて、クッションのゆくえを、台所じゅうさがしまわっていました。

ママは、げんかんのドアをしめると、チャーリーを二階に追いたてました。

「アルフィーが、あそこにいるのもひと晩《ばん》だけよ」

ママは、陽気に聞こえるようにつとめながら、言いました。

「それに、ジェニーの家はイヌの天国なんだから。家に帰りたがらなくなるかも！　さあ、一張羅《いっちょうら》を着て出かけないと。電車に乗りおくれて、結婚式《けっこんしき》にちこくしちゃうわ！」

第5章

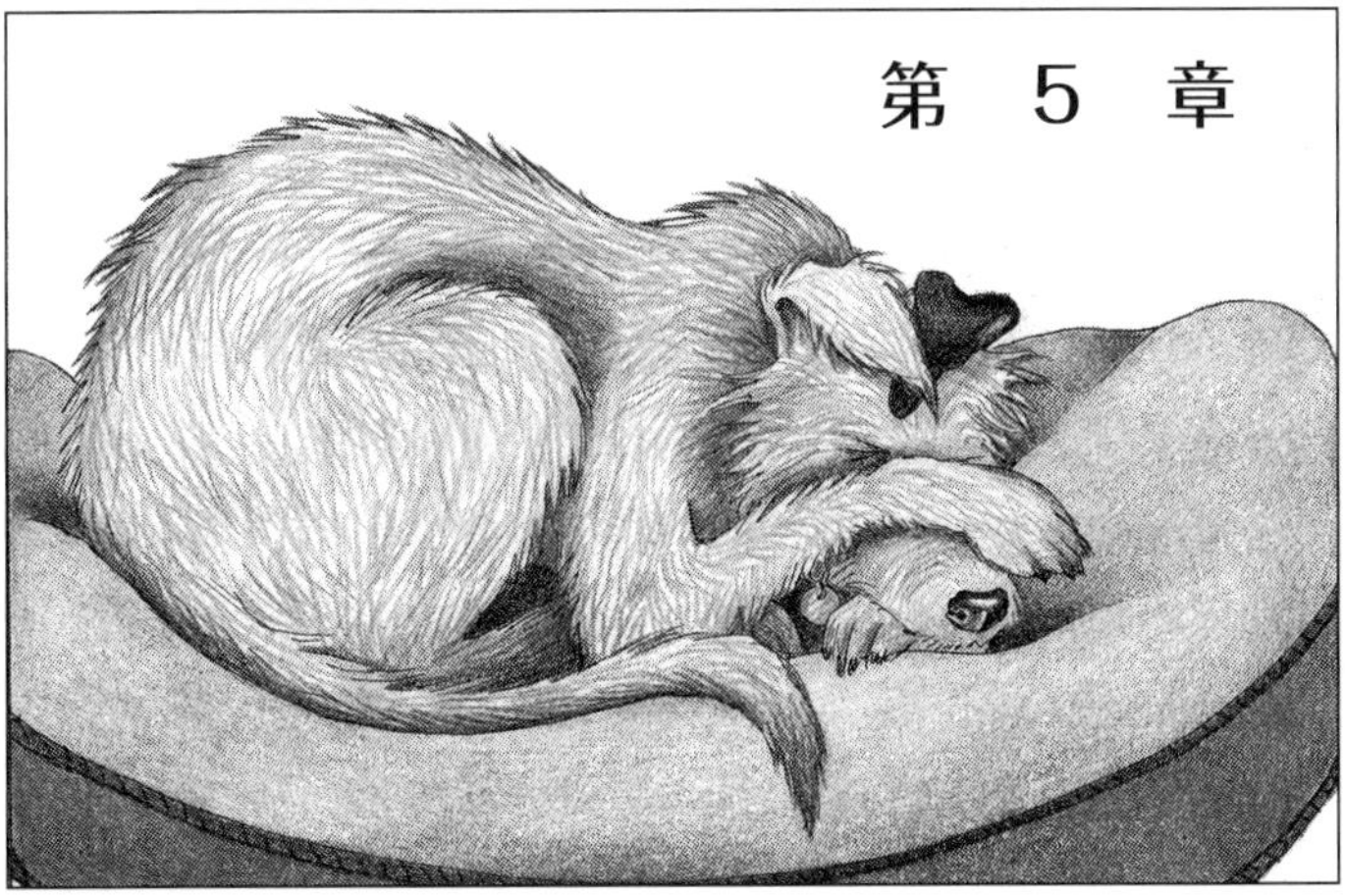

ワゴン車のドアが音をたててあきました。

「おいで、アルフィー。おりてちょうだい。さあ、仲間《なかま》たちに会いなさい」

ジェニーはやさしく言いました。

アルフィーは、クッションから動きません。耳をふせ、前足で目をおおい、ここにいないふりをしているようでした。ジェニーはかがむと、断固《だんこ》としてアルフィーを引きずりだしました。

アルフィーは、悲しげにあたりを見まわしました。そこは、とても高い門から小さな家へと続《つづ》く前庭の小道でした。門は後ろでぴったりしまっています。前庭も高いへいでしっかり囲《かこ》われていました。ジェニーは、アルフィーを家のなかに連《つ》れていきました。

げんかんのドアが開くやいなや、イヌのむれがあらわれて、ジェニーに向かって突《とっ》進《しん》し、新入りのにおいをかぎまわりました。アルフィーは部屋のすみで、びくびくすくみあがっていました。

「はいはい、みんな」

ジェニーが笑《わら》いながら言いました。

「やかんを火にかけてくるから、外で新しいぼうやと友だちになっていて」

ジェニーは、居間《いま》や、裏庭《うらにわ》に直接続《ちょくせつつづ》く台所から、みんなを追いたてました。裏庭もやっぱり高いへいで囲《かこ》われています。アルフィーは、にげだすのはむりだとわかりました。ほかの同居《どうきょ》犬たちがアルフィーを

とり囲み、ほえたてたり、においをかいだりしました。

「どのぐらい、ここにいるんだい?」

ボリスという、大きな元気いっぱいのジャーマン・シェパードがききました。

「ぼく、わかんない」

と、アルフィー。

「なんで、ここにいるのかもわからないの。もしかしたら、先週、ご主人のおべんとうのサンドイッチを食べちゃったからかも」

「あら、まあ」

フォリーという、白と黒のボーダー・コリーがいいました。

「そういうことなら、一生ここにいること

になりそうね」

「一生！」

アルフィーは、息をのみました。

「ほかには、どんな悪いことをしたの？」

と、フォリー。

「ほんのすこしだけ」

アルフィーは、ささやきました。

「いちばん悪かったのは、ご主人のママのハンドバッグを、かじっちゃったことかも」

「それなら、ぜったい一生よ！　あなたも、そう思わない？」

ボリスに向かってかた目をつぶって、フォリーが言いました。

「ぜったいだ！　きみをすぐには家に帰らせ

ないさ」

　ボリスはうなり声をたてました。

「もう、やめなさいったら、ふたりとも！」

　ディクシーという、黒と灰色《はいいろ》の優雅《ゆうが》なスパニエルがほえました。

「かわいそうなぼうやを、死ぬほどおびえさせてるわよ。ぼうや、あのひとたちの言うことなんかきかないの」

　ディクシーは、鼻をすりよせて、すべすべした前足を、アルフィーの大きなふしくれだった足の上におきました。

「わたしたちは、ほんのちょっとの間、ここにいるだけなの。二、三日とか、一週間、もうちょっと長いこともあるけど、家の人は、必《かなら》ずむかえに来てくれるのよ。あなたにもわかるわ。家の人たちが、わたしたちが行けない場所で、人間のご用を足している間だけ、わたしたちはここにいるのよ」

　ジェニーが裏庭《うらにわ》のドアをあけて、みんなを家のなかによび入れました。ジェニーは居間《いま》に入ると、敷物《しきもの》でおおわれたふたつあるソファのひとつにこしかけました。あっという間に、ふたつのソファはイヌでおおわれました、アルフィー以外《いがい》のね。アルフィーは気が弱すぎて、ほかのイヌをおしのけてソファにあがりこむことなど、できなかったのです。

ここには六ぴきのイヌがいました。アルフィーにボリス、フォリーとディクシー、それから、たがいにうりふたつの二ひきのウエスト・ハイランド・ホワイトテリア。この二ひきは、元気いっぱいのボリスと巨大《きょだい》なアルフィーにむかって、さかんにほえたてています、自分たちをふみつぶすなって。一ぴきのテリアは、ネコのようにジェニーのひざに座《すわ》りこみました。ほかのイヌたちは、やかましくほえまわっていたかと思うと、ソファのいつも座っている場所にへた

りこみました。ジェニーが、アルフィーのクッションを居間《いま》に運び入れてくれたので、アルフィーは喜んで座りこみ、おどろくほどまんまるのボールのようになりました。あんな大さわぎのあとでアルフィーはすっかりつかれはて、ねむりのなかにただよっていきます。

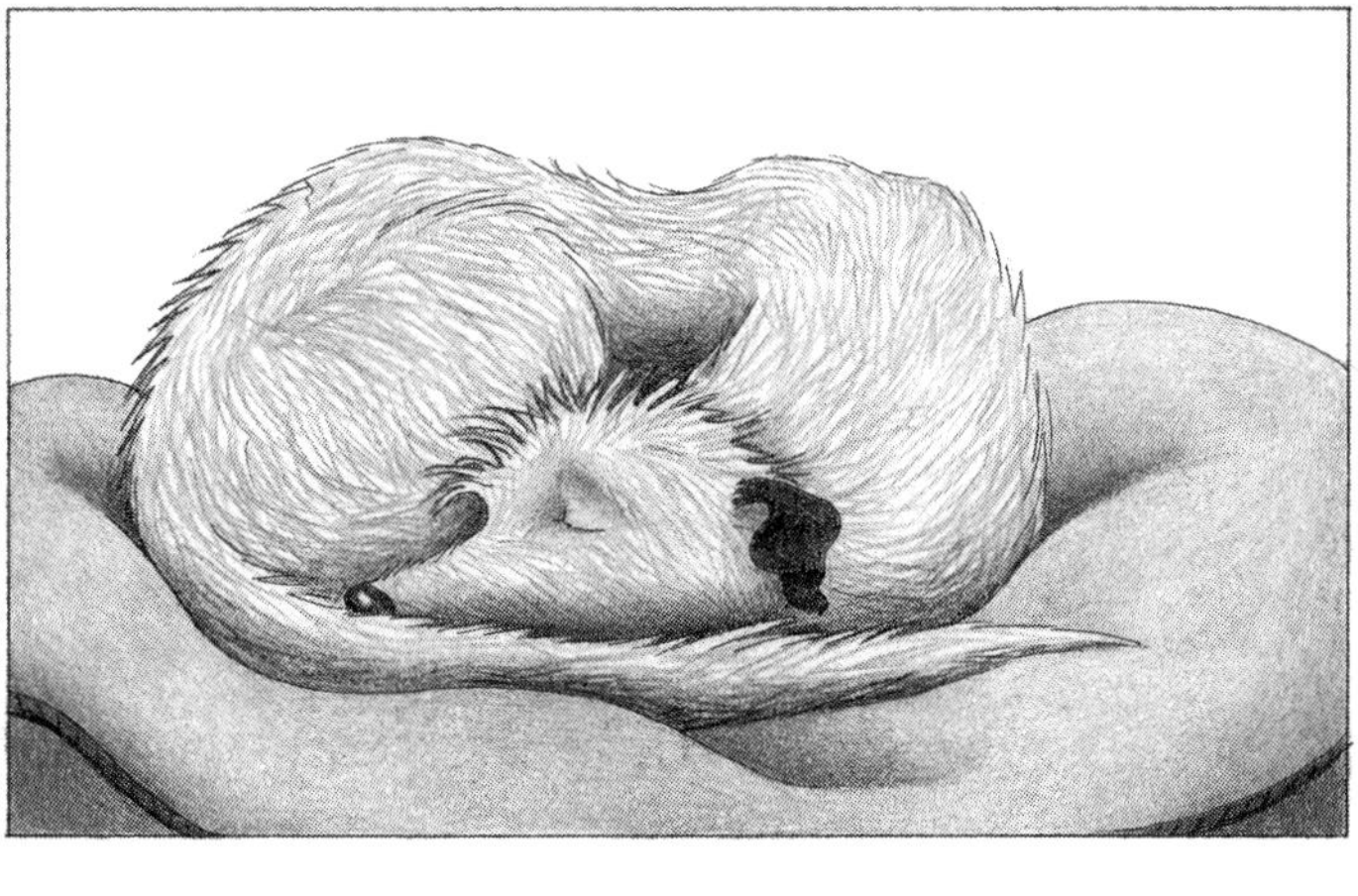

第6章

大きなノックの音がひびきわたり、イヌたちはほえながら、ソファから飛《と》びおりると、げんかんに突進《とっしん》していきました。訪《おとず》れたのがジェニーの友だちのリタだとわかって、みんな、うれしさのあまり無我夢中《むがむちゅう》になりました。いつもお散歩《さんぽ》に連《つ》れていってくれる人です。

アルフィーはびっくりして目をさまし、ぴょんとウサギ耳になってしまいました。

「リタ、いらっしゃい。ディア・ハウンドのぼうやが来ているのよ。ちょっと、こわがりやさんなの」

と、ジェニー。

アルフィーは、クッションに座《すわ》ったまま、悲しげに顔をあげました。

「まあ、なんてかわいいの」

リタはしゃがみこむと、アルフィーの頭をなでました。

「あなたの耳、おかしいわ！　ぼうや、心配しないで。みんなでお散歩に行くのよ。帰ってきたら、晩《ばん》ごはんを食べて、そのあとはみんなで遊ぶの。お家の人がおむかえに来るまで、五分もたっていないと思うくらいよ」

ジェニーとリタは、みんなにリードをつけました。ジェニーが、スパニエルとジャーマン・シェパードとアルフィーのリードをつかみ、リタが、二ひきのウエスト・ハイランドとボーダー・コリーでした。

みんなで前庭から外に出たところで、アルフィーは、ジェニーの家のとなりが広い野原に囲《かこ》まれた農家で、

灰色《はいいろ》をしたたくさんの納屋《なや》や鳥小屋など、付属《ふぞく》の建物《たてもの》が建《た》ち、コンクリートでかためた地面には、耕作機械《こうさくきかい》が停車《ていしゃ》しているのを目にしました。反対側《はんたいがわ》はふつうの道路で、家がたくさん建ちならび、車も駐車《ちゅうしゃ》していて、鉄道の駅とささやかな商店街《しょうてんがい》へと続《つづ》いていました。まさしく、ここは町はずれでした。

チャーリーのママが話していた運動場は、農場のとなりにありました。イヌたちはみな、どこへ行くのか知っていて、運動場の門が見えてくると、ジェニーとリタの腕《うで》がぬけそうになるほど、リードをぐいぐい引っぱりました。アルフィーは引っぱらずにあとずさりして、首輪《くびわ》から頭を引きぬこうともがきました。でも、首輪

はきっちりしまっていたので、耳がぬけません。

「リタ、このコに注意しないと」

と、ジェニーは言って、ほかのイヌたちといっしょにアルフィーを運動場におしこむと、門をバタンとしめました。

「さあ、行きなさい！」

ジェニーは、みんなのリードをはずしました。

「走るのよ！」

リタは、元気よく声をかけ、自分が引いていた三びきのイヌたちを、ボリスやディクシーと合流させました。

「あなたもよ、アルフィー！」

ジェニーは、アルフィーの首輪をつかんで、門のところから引っぱってきました。

「あなたのすてきに長い足をのばしなさい」

ほかのイヌたちは、運動場をかけまわり始めました。アルフィーは、ぶあつい生垣《いけがき》のどこかににげだせる場所がないかさがしながら、みんなのあとをこそこそついていきました。そのうち、運動場のおくまったところで、かきわければぬけでられそうに、生垣がうすくなっている場所を見つけました。でも、あいにくとアルフィーは知らなかったのですが、運動場をかこむ生垣の内側《うちがわ》に沿《そ》って、杭《くい》が打ちこまれ、針金《はりがね》が張《は》りめぐらされていました。針金は、農場の家畜《かちく》が、アルフィーがちょうど同じことを考えたように、生垣をすりぬけてにげだすのをふせぐための電線でした。電線には、めったにないことですが、電流がとおっていました。まさにこの日、農場の人が自分のところのメウシのために、運動場を使おうとして、ジェニーとリタが散歩《さんぽ》に行くと決める数分前に、スイッチを入れたのです。

アルフィーは、試《ため》してみる価値《かち》がありそうなすきまに向かって、元気いっぱい走りだそうとしました。ディクシーがあとについてきて、うれしそうにほえました。

「元気になってうれしいわ！　よかったら追いかけてきて。わたし、ウサギのふりをするから、そして……」

「キャン！　キャン！」

アルフィーの甲高《かんだか》い苦痛《くつう》のさけび声がひびきわたりました。しめった鼻が電線にふれたのです。アルフィーは信《しん》じられませんでした。針金が噛《か》みつくなんて。アルフィーは逆上《ぎゃくじょう》して、ほえたりさけんだりしながら、右へ左へとはねまわりました。

ジェニーとリタは、アルフィーの名前を呼《よ》んで落ち着かせようとしましたが、アルフィーはにげだすことばかり考えていました。ゆいいつ知っているにげ道は、入ってきた場所でした。

アルフィーは、かんぬきのかかった、巨大《きょだい》な門に向かって、猛然《もうぜん》とかけだしました。門は山のように立ちはだかり、アルフィーは速度を増《ま》していきました。時速四十キロ、五十キロ、とうとう六十キロ。ジェニーとリタは、たがいにしがみつき、はらはらしながら見守っています。

「足を折《お》っちゃうわ！」

ジェニーはあえぎました。

「こえられっこないわよ」

アルフィーは、こえました。

ディア・ハウンドの特別《とくべつ》強い後ろ足を、まったく正しいしゅんかんに束《たば》にして、前足をガゼルのようにきちんとかかえこみ、アルフィーは、門のてっぺんに五、六センチの余裕《よゆう》を残《のこ》して飛《と》びこえ、おどろきのあまり口もきけないジェニーとリタをおきざりに、あっという間に視界《しかい》から消えてしまいました。

第 7 章

夕方になりました。ジェニーとリタは、その日一日、アルフィーをさがしまわりました。

なによりはじめに、ほかのイヌたちをジェニーの家に連《つ》れ帰ってから、リタは警察《けいさつ》と動物救助《きゅうじょ》センターに電話をかけ、その間、ジェニーはあらゆる場所をさがし始めました。農場の建物《たてもの》のまわりや、住宅《じゅうたく》の前庭、近くにある子どもの遊び場、とうとう、つきあたりが駅になっている道に出ました。道の両側《りょうがわ》はこぢんまりとした駅前通り商店街《しょうてんがい》です。そこには、日用品をあつかう雑貨屋《ざっかや》さんや、「ゴンドラ」というイタリア料理店《りょうりてん》があり、花屋さんでは、家に帰る乗客のために、キクや赤いバラの花束《はなたば》を売っていました。花屋さんは、ジェニーが駅の改札口《かいさつぐち》や、商店の路地をのぞいているのに気がついて、外に出てくるとジェニーに話しかけました。

「まよいイヌをおさがしですか？」

ジェニーの胸《むね》は、喜びで高鳴りました。

「ええ！　ええ！　大きな灰色《はいいろ》のイヌです。ディア・ハウンドです」

ジェニーはさけびました。

「それなら見ましたわ」

花屋さんはしっかりとした口調で、

「ここをかけぬけていきましたよ。そうね……二時間前です。あんなに大きなイヌを見たのは初めてだし、あんなに速いのも……灰色の稲妻《いなずま》のようでしたよ」

「どこに行ったか見てましたか？」

と、ジェニーはたずねましたが、アルフィーがとおりすぎたのがずっと前だとわかり、希望《きぼう》にふくらんだ胸

は急にしぼんでしまいました。

「ええ、見てましたよ。ホークランド・ヒースの入り口にむかいました。ほら、あそこです」

花屋さんは、たのもしく指さしました。ジェニーはお礼を言うと、入り口を見に急ぎました。駐車場《ちゅうしゃじょう》ごしに、木々が生《お》い茂《しげ》った森のなかをのぞいてから家に引きかえし、すぐさまリタといっしょに車でアルフィーをさがしに出かけました。

森のなかで、ふたりは何時間も、声がかれるまでアルフィーを呼《よ》び続《つづ》けました。

「飼《か》い主《ぬし》に電話するの？」

リタがたずねました。

「まだよ。きっと見つかるもの。ここにいるに決まってるんだから」

「でも、もう暗くなるわ」

と、リタ。

「ヒースの森は広くて、何キロも続くんでしょ。それに今ごろは反対側《はんたいがわ》にいるかもしれない。ディア・ハウンドは走るのが速いって、あなた、言ってたじゃない」

ジェニーは、わっとなきだしました。

「アルフィーをぜったい見つけなくちゃ。あなたのイヌがいなくなりましたなんて、どうしてあの子に顔向けできる?」

第 8 章

夕やみがただよい始めたころ、キツネの夫婦《ふうふ》が巣穴《すあな》からあらわれて、あたりに人間がいないか、においをたしかめました。二ひきの名前は、フィクシットとサンセット。

「秋って、いいもんじゃないか？」

フィクシットが落ち葉のじゅうたんの上を、歩きながら言いました。

「葉っぱの色がぼくらと同じになる」

「そうね！」

サンセットも賛成《さんせい》しました。

「ずっと楽に身をかくせるものね」

「天気が悪くなりそうだ」

フィクシットが鼻を上に向けて、ふんふんにおいをかぎました。

「雲行きがあやしい」

その日は完《かん》ぺきな始まりだったのに、土手のように広がるインク色の真っ黒な雲が、木々のこずえの後ろにとつぜんあらわれると、どこからともなく吹《ふ》きだした風にあおられて、ぶきみにどんどん移動《いどう》していきます。枝《えだ》があちらこちらと風にたわみ、地面に枯葉《かれは》のシャワーをまきちらしました。

「残念《ざんねん》ねえ」

サンセットがぶつぶつ言いました。

「せっかく、あたたかな夕方のすてきな狩《か》りができる

と思ったのに、ずぶぬれになりそうね」

「急げばだいじょうぶさ」

と、フィクシット。

「五分たったら暗くなる。ヒースの森の裏手《うらて》の商店街《しょうてんがい》を調べてみようよ。ゴンドラは、よくゴミ箱のふたをしめわすれるから、たいていじゅうぶんな食《た》べ残《のこ》しがあるよ。それをちょいといただいて、雨がふりだす前に家に帰ろう」

「いい考えだわ、あなた」

と、サンセットがやさしく言いました。

「フィクシットが行って、なにもないなんてこと、あるわけないわ。あそこまで、競争《きょうそう》よ！」

二ひきのキツネが到着《とうちゃく》したとき、駐車場《ちゅうしゃじょう》には小さなワゴン車が止まっていて、ジェニーとリタがちょうど乗りこむところでした。

「動くな！」

と、フィクシット。ふたりのつかれはてた女の人が車に乗りこむ間、フィクシットとサンセットは、茂《しげ》みのなかでじっとしていました。

ジェニーはドアをあけたまま、運転席《うんてんせき》に横向きに座《すわ》りこみ、鼻をかみました。そして、最後《さいご》にもう一度立ちあがると、車の屋根にもたれかかりました。

「アルフィー！」

ジェニーはさけびましたが、ジェニーの涙声《なみだごえ》は高まる風にさらわれてしまいました。

「むだよ、ジェン」

と、リタ。

「だんだん暗くなってくるわ。家に帰らなければ。今日は休んで、また明日、夜が明けたらさがしましょう」

フィクシットとサンセットは、ジェニーが運転席にもどって、ドアをしめるのを目にしました。

とつぜんヘッドライトがやみを切りさき、ワゴン

車はバリバリ音をたてて、道路に続《つづ》く短い砂利道《じゃりみち》をくだっていきました。

サンセットは、うす明かりのなかで、フィクシットを見つめました。

「アルフィーってだれかしら?」

「まあ、だれであろうと、あの人間たちは、そいつのことで動転《どうてん》してたよなあ」

と、フィクシットは言いました。

第９章

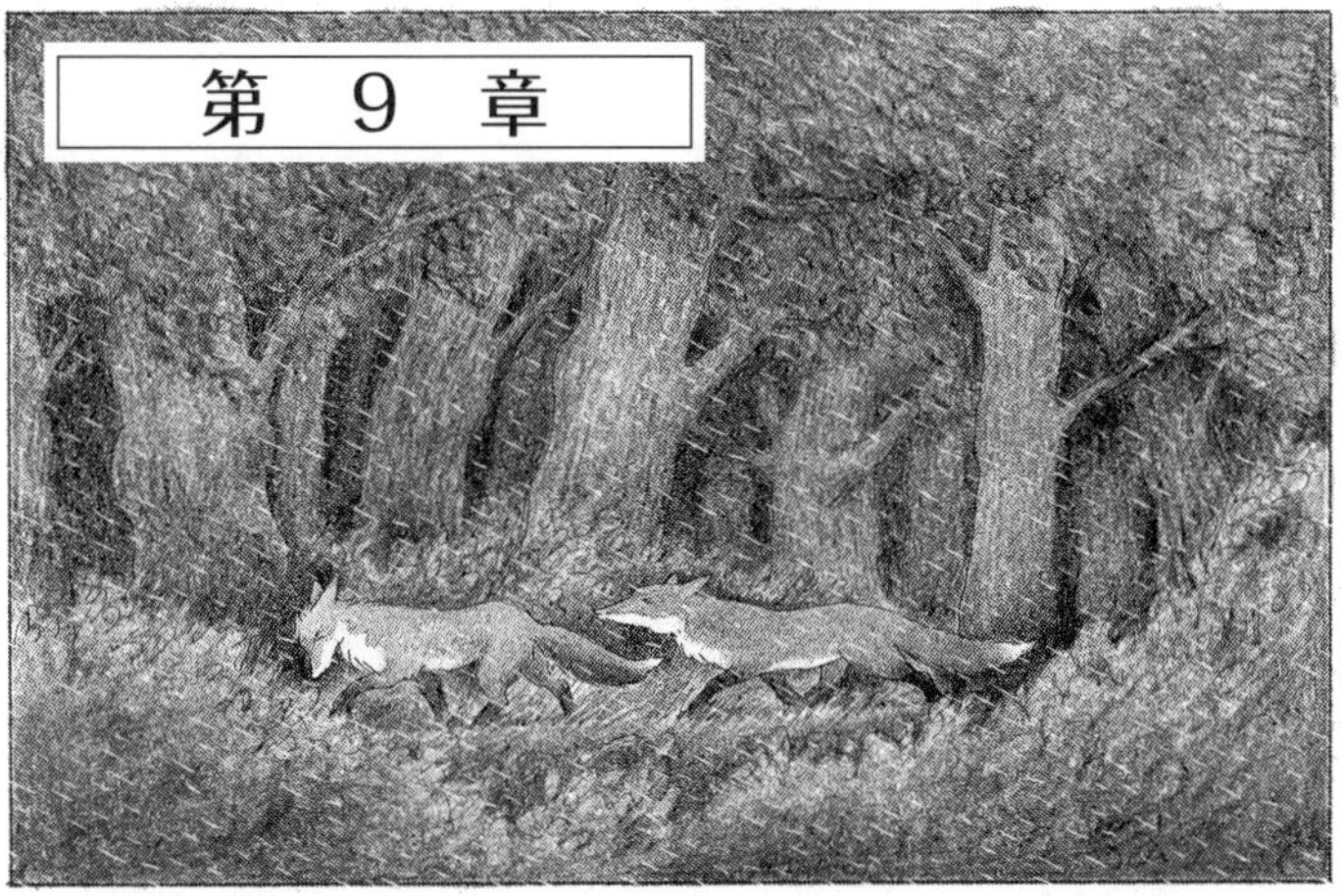

猛烈《もうれつ》ないきおいの嵐《あらし》が、町じゅうに吹《ふ》き荒《あ》れました。本当にひどい嵐でした。絶《た》え間《ま》のない稲光《いなびかり》のあとに、鼓膜《こまく》がやぶれそうな雷鳴《らいめい》がとどろきわたりました。フィクシットとサンセットは、巣穴《すあな》に続《つづ》く森の下生《したば》えをそっとぬけ、横なぐりの雨をできるだけさけて家へと急ぎました。

「あなたの考え、ほんとによかったわ」

サンセットは、くちびるについたパルメザン・チーズの最後《さいご》のひとかけをなめながら言いました。それはレストラン・ゴンドラのゴミ箱に捨《す》てられていたスパゲティ・ボロネーズの山から見つけたものです。

二ひきのキツネは、わが家へと続くイバラや灌木《かんぼく》の茂《しげ》みをぬけようとしたところで、こおりつきました。

「そこにいるのはだれだ？」

フィクシットは、低《ひく》くうなりました。

「出てこい。いるのは、においでわかってるぞ」

雨が打ちつけ、風がほえたける暗やみのなかで答え

はありませんが、二ひきにはかすかなにおいから、ほかの動物がいることがわかっていました。キツネではないし、リスでも、アナグマでも、夜のヒースの森で、見つけられるようなどんな野生動物でもない。

「出てこい」

きみょうなにおいに向かって、しんちょうに近づきながら、フィクシットがうなりました。二ひきのキツネが、暗やみをすかして見ると、巨大《きょだい》な毛むくじゃらな生き物が、雨をぽたぽたしたたらせ、首をうなだれ肩《かた》をまるめて、全身をぶるぶるふるわせているすがたが、かすかに見てとれました。おどろいたことに、その巨大な影《かげ》は、しくしくないているようです。

「ウマだと思う？」

と、サンセット。

「ウマのにおいじゃないなあ」

フィクシットは、そのものに近づいて、ふんふんにおいをかぎました。

「とにかく、ウマにしちゃ小さすぎる。イヌのようなにおいだけど、イヌにしちゃ大きすぎる」

「だれだか、きいてみたら？」

サンセットはそう言って後ろに下がりましたから、フィクシットが、サンセットとこの巨大《きょだい》なぶるぶるふるえるものとの間に立ちました。

フィクシットはきんちょうを解《と》きました。ふるえていることからして、またこのものが発するにおいからして、この巨大なものがおびえていて、おそいかかってこないことがわかったのでした。

「おい、きみ」

威厳《いげん》を保《たも》ちつつも親切に聞こえるようにつとめながら、

「ほら、しっかりして。どうしたんだか、言ってごらん」

「いったい、あなた、だれなの？」

サンセットが、夫《おっと》のうしろからのぞきこんできました。

その生き物は、まだうなだれたままでしたが、耳をぴょんとたて、両耳をねじりあわせると、額《ひたい》の上にたらしました。

「ぼく、まいご」

「そうか、でも、きみはどういう生き物なんだ？」

フィクシットが続《つづ》けてききました。

「ぼくは、ハウンド」

アルフィーがつぶやきました。そう、それはアルフィーでした。アルフィーは、いじわるな針金《はりがね》からのがれて、走りに走り、もうぜったいだいじょうぶと思うところまで走ったのでした。

サンセットが、おどろいて飛《と》びのき、

「あなた、キツネを狩《か》るフォックス・ハウンドじゃないわよねえ」

と、びくびくしてききました。

「もちろん、ちがうさ」

と、フィクシット。

「フォックス・ハウンドのことなら、ケントから来たいとこに、全部聞いている。やつらは茶色と白で、耳はひらひらしてるんだ。きみは、変《か》わった耳をしているねえ」

フィクシットは、言葉を続《つづ》けてアルフィーの耳をながめましたが、今は頭の上にきちんと折りたたまれて、二枚《まい》のふきんのようです。

「ごめんなさい」

まだ、こわくて歯をカチカチならしながら、

アルフィーが言いました。

「ぼくには、どうすることもできないの。耳が勝手に動いちゃうんだ」

「なるほど」

フィクシットは茂《しげ》みに向かおうとしながら、きびきびと言いました。

「では、会えてよかった。帰り道が見つかるといいね」

そのときです、ぴかっと稲光《いなびかり》がしました。いっしゅんでしたが、二ひきのキツネが、自分たちの家のげんかん前に、みじめに背《せ》をまるめた、あわれをさそう、びしょぬれのかたまりがあるのをみとめるのに、じゅうぶんな長さでした。耳をつんざく雷鳴《らいめい》がとどろきわたり、みんな度肝《どぎも》をぬかれて飛《と》びあがりました。アルフィーはサンセットにすり寄《よ》って、あんまり寄りかかるので、サンセットはつぶされそうになりました。

「さあ、落ち着くんだ」

と、フィクシット。

「ただの雷《かみなり》だ。きみを傷《きず》つけたりしないよ。行きなさい。きみがどこにいるだろうかと、家族が心配しているぞ」

「心配してないよ」

アルフィーは、なきじゃくりました。

「ぼくがどこにいるのか、知りたくもないんだ。ご主人とママは、ぼくを遠くにやって、知らない女の人のところにいさせたの。運動場に連《つ》れていかれたら、針金《はりがね》が嚙《か》んだんだ。こわいよう！　ぼくの鼻を何度も何度も嚙んだんだよ。ぼく、にげなくちゃならなかったの。そしたら、あたりが暗くなって、空が破裂《はれつ》して、ぼくどうしたらいいかわからない。お願《ねが》い、ぼくをひとりにしないで、お願い」

フィクシットはサンセットを見つめて、目をぐるりとまわしました。

「そりゃあ、なかに入ってもらいたいところだけど」

フィクシットはやさしく言いました。

「きみは大きすぎるんだ……ここで寝《ね》るしかないよ。ほら、この茂《しげ》みのおくに入れば、すこしはかわいている。ぼくたちは近くの巣穴《すあな》にいるし、嵐《あらし》も朝までにはやむよ。あそこに黒いものが見えるだろう？　そこが、ぼくたちの家の入り口だから、ぼくたちは遠くに行っちゃうわけじゃない。朝いちばんに、どうやってきみを家にもどすか、計画を立てられるよ」

「ありがとう」

アルフィーはささやきましたが、まだ、自分よりずっと小さなサンセットにすがりつこうとしています。

「それじゃあ、行こうか」

フィクシットはサンセットに言いました。

「ぼくらもずぶぬれだ」

「動けないの」

と、サンセット。

「この大荷物が、わたしのしっぽの上に座《すわ》ってるの」

「ごめんなさい」

と、アルフィーは言いましたが、動きません。目をしっかりとじて、すべてが悪い夢《ゆめ》であってくれるようにと願《ねが》っていました。

「おい、ねえ、きみ」

フィクシットはきびしい口調で、

「しっかりしなくちゃだめだろ。ほら、立ちあがって。そうそう。茂《しげ》みの下のかわいた場所にもぐりこめよ……そうそう……朝になったら、すべて解決《かいけつ》しよう」

アルフィーは、できるだけかがんで、キツネが教えてくれた場所におしりからもぐりこみました。

「朝になったら、もどってきてくれる?」

アルフィーは、べそをかきました。

「ぼくをおきざりにしないよね?」

「まったく!　あのなあ」

フィクシットは声をあらげました。

「家はきみのすぐ横なんだ。ここから入り口が見えるだろう。そんな大きなハウンドが、コイヌみたいにふるまって、はずかしくないのか」

「だって、ぼくはコイヌなんだもん」

と、アルフィー。

「ただ大きいだけだよ。大きいのはぼくのせいじゃないや。大きくなかったらよかった。ご主人とお家にいられればよかった。ときどきベッドで寝《ね》かせてくれたんだ。お家にまた帰れたら、ネコにもいいコにするよ」

アルフィーは、なきわめくのと、遠ぼえを同時に始めました。そのやかましいことは、アシカの食事時のようでした。

「やめろ！　すぐに、やめろ！」

フィクシットが命令《めいれい》しました。

「じゃなければ、どこかに行ってしまえ。おそれなければならないのは嵐《あらし》じゃない。人間なんだ。この森には夜になると密猟者《みつりょうしゃ》が出る。われわれキツネを撃《う》つために」

「ごめんなさい」

アルフィーは、深いため息をついて、自分を落ち着かせようとしました。

「朝になったら、もどってきてくれる？」

「同じことをむしかえすのはやめろ」

サンセットに先だって巣穴《すあな》の入り口に向かいながら、フィクシットが言いました。

「さっき言っただろ。夜明けにはもどってくるって。さわぐのはや

めて寝《ね》るんだ。おやすみ」

「朝になったら、また会いましょう」

フィクシットに続《つづ》いてトンネルにもぐりこみながら、サンセットも肩《かた》ごしに言いました。風がきしみ、うなりをあげる森のなかに、アルフィーをひとり残《のこ》して。

第 10 章

「チャーリー、ちょっと話があるの」

ひと晩留守《ばんるす》にした家のげんかんをあけながら、ママが言いました。

チャーリーはとつぜん、ママが心配そうなのに気がつきました。

「なに、ママ？　なにかあったの？」

と、チャーリー。

ふたりとも、まだげんかんに立ったままでした。ママは、げんかんマットから拾いあげた手紙をかたくにぎりしめ、床《ゆか》に目を落としています。

「ええ、そうなの」

ママは顔をあげてチャーリーを見つめ、落ち着こうとしながら言いました。

「きのうの朝から、アルフィーがまいごになったみたいなの」

チャーリーは、ぞっとして口をぽっかりあけました。

「きのうの朝！」

チャーリーは大声をあげました。

「だって、それって嵐《あらし》のなか、夜中に外にいたってことじゃない。嵐を死ぬほどこわがってるんだよ。なんだって死ぬほどこわがるんだ！　バタンって、ドアがしまるのも好《す》きじゃない。ぬれるのも。雨がふると散歩《さんぽ》もいやがるんだ。ああ、ママ！　アルフィーはどこ？　どうしたら見つかるの？」

ママはチャーリーの肩《かた》に腕《うで》をまわして台所に連《つ》れていくと、やかんを火にかけ、元気づけにお茶をいれることにしました。

「さあ、落ち着きましょう」

ママはチャーリーをなぐさめようとしました。

「あなたが寝《ね》ている間に、帰りの夜行列車のなかからジェニーに電話したの。それで聞いたわけ。わたしが見た、あの安全ですてきな運動場には、残念《ざんねん》なことに電線で囲《かこ》いがしてあったの、ときどき家畜《かちく》を放《はな》すのに使うからね。アルフィーは、その電線にさわっちゃって、びっくりして門をおどりこえたんですって。ジェニーとお友だちは、一日じゅうアルフィーをさがしまわってくれて、今このしゅんかんも、アルフィーを見つけようと出かけているの。きっと見つかるわ。あんなに大きいんですもの、だれかの注意を引くはずよ……ともかく、ポスターを何枚《まい》か作って、ヒースの森にはりに行きましょう。かたっぽだけ刈《か》りあげた耳だから、かんたんにアルフィーだってわかるわ」

ネコ用ドアがバタンと音をたてました。フローレンスがすり寄《よ》ってきて、ニャーオと鳴きながら、チャーリーの足に体をこすりつけました。チャーリーは、フローレンスをすくいあげると、きつくだきしめました。

「すくなくとも、家にはまだおまえがいる。どこにも行かないでよ」

「もちろんですとも」

フローレンスは、チャーリーの腕《うで》のなかでくつろいで、のどをゴロゴロ鳴らしました。

「家にいるのがいちばんよ」

第11章

おそろしい嵐《あらし》の夜があけると、ホークランド・ヒースの森は湿《しめ》った葉っぱのぶあついじゅうたんでおおわれていました。あたりには折《お》れた枝《えだ》が散《ち》らばり、せせらぎは水かさを増《ま》してあふれだし、そこここで水たまりを作り、地面はぐちゃぐちゃしたどろの層《そう》でおおわれていました。

フィクシットとサンセットは、アルフィーの両側《りょうがわ》にしゃがんでいました。アルフィーがいるのは、昨晩《さくばん》ひとり残《のこ》された茂《しげ》みの下です。言葉どおり、二ひきは空が白むとすぐにやってきました。どういうわけだか、自分たちがめんどうを見るはめにおちいってしまった、あの巨大《きょだい》でわけのわからない生き物を、やっかいばらいできるかどうかたしかめに。

二ひきのキツネは、もしかしたらいなくなっているかも、という期待をこめて、茂《しげ》みの下をのぞきこみました。でも、きのうと同じくぶるぶるふるえるかたまりが、とても静かにしゃがんでいました。耳は、風になびく木のように、横に向けています。（耳の形のページを参照《さんしょう》のこと。）

「やあ」

フィクシットが、つとめて明るい調子で言いました。

「みんな、また、そろったね」

「風はおさまったし」

と、サンセット。

「雨もやんだわ。あなた、すこしおなかがすいた

んじゃない？」

「そんなでもない」

と、アルフィー。

「なんて種類《しゅるい》のハウンドなんだい？」

フィクシットは、顔をちゃんと見られるように、アルフィーの正面に横たわりました。

「もしかしたら、アリクイの一種かしら」

と、サンセット。

「ほら、アント・ハウンドって種類よ。このコ、とっても長い鼻をしているわ。舌《した》を見せて」

アルフィーは口をあけて、べろりとうす切りのベーコンのような舌を出しました。

「たぶんちがうだろ」

と、フィクシット。

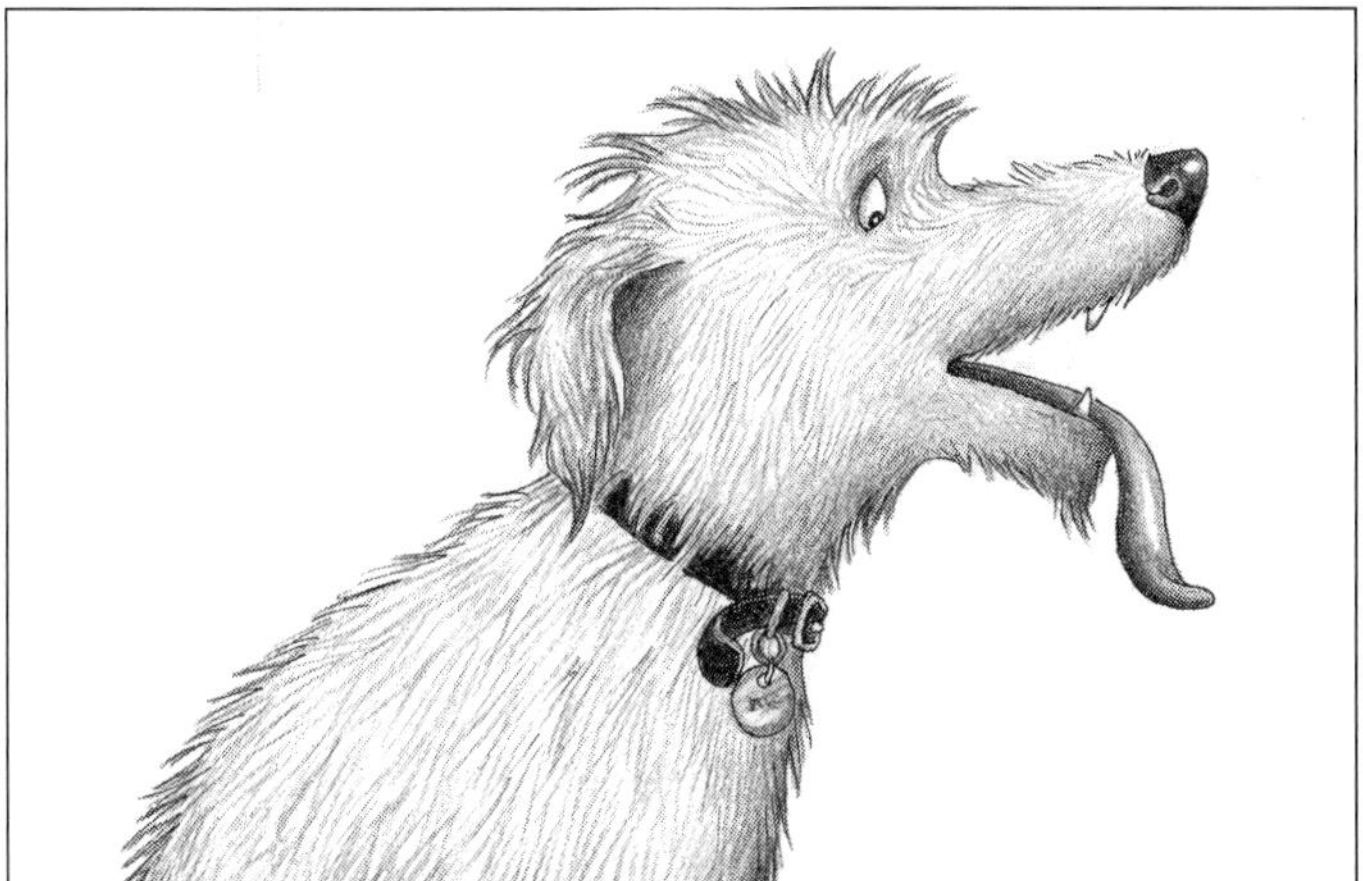

「ところで、なんて名前なんだ？　名前はあるはずだろ。ぼくはフィクシット、ついでに、こちらは女房《にょうぼう》のサンセットだ」

「アルフィーって呼《よ》ばれてるよ」

アルフィーは暗い顔で言いました。

「アルフィーですって！」

サンセットがさけびました。

「きのうの夜、駐車場《ちゅうしゃじょう》であの人たちが呼んでいた名前じゃない」

「その人たち、まだそこにいると思う？」

アルフィーが希望《きぼう》に満《み》ちてききました。

「残念《ざんねん》ながら、ぼくたちが見かけたときには、出ていくところだった」

と、フィクシット。

「でも、あの人たち、きみがいなくなって、ずいぶん動揺《どうよう》していたよ。きみが、ハウンドだってのはたしかかい？」

「そう思うけど」

と、アルフィー。

「たぶん、ぼく、ダイスキ・ハウンドって種類《しゅるい》じゃないかしら」

「ダイスケ・ハウンドだって！」

二ひきのキツネは、いっしょに笑《わら》いだしました。

「ちがうよ」

と、アルフィー。

「ダイスキ・ハウンドだよ。ご主人がぼくのこと、大好《だいす》きな、大好きなハウンドって、よく呼んでたんだ。だから、ぼくは自分のこと、とってもダイスキ・ハウンドだと思うんだ」

「にしても、『ダイスキ・ハウンド』なんて、聞いたことがない」

と、フィクシット。

「ともかく、ハウンドってやつは、どんな種類でもなにかを追いかけるのが得意《とくい》だ」

「どちらにしろ、わたしたちを追いかけちゃだめよ」

と、サンセットが警告《けいこく》しました。

「もちろん、追いかけないよ」

と、アルフィー。

「ぼく、今後いっさい、どんな動物のことも追いかけないって、誓《ちか》ったんだ。うちのネコのフローレンスが、ぼくにそうさせたの。やくそくするよ」

「それなら、どうやって食べていけばいいか、わからないな」

フィクシットは、考えこみました。

「飢《う》え死《じ》にしたくなければ、狩《か》りをしなくちゃならないよ」

「ぼくなら、だいじょうぶ」

と、アルフィーが説明《せつめい》しました。

「ぼくのごはんは、いつも缶詰《かんづめ》なの」

サンセットとフィクシットは、絶望的《ぜつぼうてき》な目を見かわしました。

「ホークランド・ヒースの森のどまんなかに、そうたくさん缶詰はないわ」

と、サンセット。

「缶切りもな」

フィクシットもつけたしました。

「さあ、ぼうや。出てきて、足をのばしなよ」

アルフィーは、茂《しげ》みからはいだして、立ちあがりました。二ひきのキツネはおどろいて、目を見はりました。アルフィーは、キツネたちよりすくなくとも二倍の高さがあったのです。

三びきの動物たちは、たがいににおいをかぎあいました。

「あなたたち、とってもいいにおい」

アルフィーが、はずかしそうに言いました。

「鼻につんときて、くさったみたいなにおいだ」

「ありがとう」

と、サンセット。

「わたしたちも気に入ってるの」

「うちのげんかん前のこのどろんこをころげまわってごらん」

フィクシットがすすめました。

「そしたら、みんな同じにおいになるさ」

「わーい、ありがとう」

アルフィーは、そう言って、地面に肩《かた》からたおれこみました。

サンセットとフィクシットは、このきみょうな客が、とほう
もなく長い足をばたつかせて、ごろごろころげまわるようすを、

ほほえみをかわしながら見守りました。とうとうアルフィーが立ちあがると、キツネたちは徹底的《てっていてき》にアルフィーをかぎまわりました。

「すてき！」

と、サンセット。

「キツネと同じにおいがするわ」

「すばらしい！」

フィクシットも同意しました。

「朝ごはんになにが見つけられるか、出かけよう。嵐《あらし》のあと、喫茶店《きっさてん》は試《ため》してみるのにいい場所だ。ゴミ箱がそこらじゅうにころがっている。ぼくらがたおす手間がいらないよ」

第 12 章

喫茶店《きっさてん》の光景《こうけい》は、期待以上《いじょう》でした。三つのゴミ箱はすべて横だおしになり、びしょぬれのパンの耳や、半分食べかけのバーガー、ふやけたフライド・ポテトが、あたりにまきちらされていました。アルフィーは、チーズとハムのサンドイッチまるまる一個《こ》と、半かけのチーズ・スコーンを見つけてわくわくしました。

「これはすごい！」

と、アルフィーは幸せそうにうなり、針金《はりがね》の囲《かこ》いに出会って以来《いらい》初めて胸《むね》がはずんできました。

「ソーセージがまるごとひとふくろ、このなかにある！」

ゴミ箱に体を半分つっこみながら、サンセットが大喜びで言いました。

とつぜん、フィクシットが短くするどい声をたて続《つづ》けにあげて、「急げ！　にげろ！　だれか来る！」と、警告《けいこく》しました。

三びきが門をとおりぬけ、下生《したば》えにもぐりこむと同時に、車のヘッドライトが、散《ち》らばったゴミやひっくりかえったごちそうを、刑務所《けいむしょ》のサーチライトのようにサッと照《て》らしだします。その朝はくもっていたので、ヒースの並木道《なみきみち》を横切るのにヘッドライトをつける必要《ひつよう》があったのです。車は止まり、喫茶店の経営者《けいえいしゃ》のケンとローズマリーがおりてきました。

「なんてえ散《ち》らかりようだ！」

と、ケン。

「お客さんが来る前にかたづけておいたほうがいいな」

「今日は、お客さんが多いとは思えないけど」

ローズマリーが笑《わら》いました。

「あんな嵐《あらし》の夜のあと、ヒースの森に散歩《さんぽ》に来るなんて、よっぽどの物好《ものず》きよ……あら、見て、だれかが小道をやってくるわ！　お店をあけたほうがいいわね、お茶がいるかもしれないし」

お客は、リタやジェニーと合流したチャーリーとママでした。リタとジェニーは、言葉どおりに、雨もよいの日の出とともに起きだして、朝の小鳥のさえずりや、おさまりかけた風が木の枝《えだ》を、キーキー、バサバサ鳴らすなか、アルフィーの名前を呼《よ》んでいたのです。チャーリーとママは、アルフィーのポスターを用意して、ふたりと合流しました。ポスターのアルフィーは、ブラッシングされ、きちんとしたようすでソファに座《すわ》っていて、なかなか優雅《ゆうが》に見えました。

チャーリーは、この陰気《いんき》な朝を明るくするために、かかとが光るスニーカーをはいていました。そうすれば、茂《しげ》みのどこかにアルフィーがいたら、ぼくを見つけられるから、と、チャーリーは、リタとジェニーに説明《せつめい》しました。

チャーリーたちは、ポスターをはったり、アルフィーの名前を呼んだり、一時間というものけんめいに働《はたら》いて、ヒースの森のまんなかにある小さな喫茶店《きっさてん》をのぞいてみることにしました。

「あいていているといいわね」

と、ママ。

「まだ、九時半だし、あんなおそろしい嵐のあとで、お店をあけていないかもしれないわ」

「あいてるよ、ママ！」

と、チャーリー。

「木の間から見えるよ、ほら！」

ケンとローズマリーは、喜んでポスターをはってくれたうえに、まいごのディア・ハウンドに気をつけて

くれるとやくそくしてくれました。

ふたりがとても親切で、親しみやすいので、アルフィー捜索隊《そうさくたい》は、朝ごはん休憩《きゅうけい》にすることにしました。

チャーリーのママには、チャーリーがどれほど深く落ちこんでいるのかわかりました。気持ちを引きたてようと注文したマフィンにそえたビスケットさえも食べられないのです。

「ほしくありません」

チャーリーは、ジェニーがこれならどうかとすすめたチョコレートクッキーを礼儀《れいぎ》正しくことわって、

「アルフィーを見つけられると思い

ます？」

と、ききました。

ジェニーは目に涙《なみだ》をいっぱいためて、

「ごめんなさい」

と、心から後悔《こうかい》して言いました。

「あんなに高い門を、飛《と》びこえられるイヌがいるとは思わなかったの」

ママは、ジェニーの肩《かた》をぽんぽんとたたきました。

「さあさあ。だれのせいでもないわ。雨がふりだす前に、捜索を続《つづ》けましょう。アルフィーは、ここのどこかにいるにちがいないんだから」

第 13 章

まさにちょうどそのころ、アルフィーは、そこから八百メートルほどはなれた茂《しげ》みの下にもどっていました。喫茶店《きっさてん》から大急ぎでにげだしたときに、チーズ・スコーンを落とさなきゃよかったなと、思いながら。

フィクシットとサンセットは、朝のひとねむりのために巣穴《すあな》にいました。

「ねえ、あなた、あのコをいったいどうしたらいいのかしら？」

と、サンセットが頭をフィクシットのせなかにのせて、ききました。

「狩《か》りをしなければ、飢《う》え死《じ》にしてしまうわ」

「ぼくにきくなよ」

と、フィクシット。

「あいつがたてる物音や、体の大きさはやっかいだ。あとで、ゴンドラ・レストランに連《つ》れていってやれるよ。さもなくば、夜の狩りがうまくいったら、ぼくらの晩飯《ばんめし》をわけてやればいい」

「あなたって、心が広いのねえ」

と、サンセットが感心して言いました。

「そうでもないさ」

と、フィクシット。

「でも、ぼくたち、今はあいつからはなれられないし、あわれなやつを飢え死にさせるなんてできないよ」

茂みの下では、アルフィーがねむりこんでいまし

た。午前中はすぎていき、アルフィーは夢《ゆめ》で、チャーリーが自分の名前を呼《よ》んでいるのを聞きました。

「アルフィー！　アルフィー！　ここだよ、ぼくだ！　ここにいるよ！」

　その呼び声は、まるっきり本物に聞こえたので、アルフィーは、まず「ウサギ耳」になって、目をさましました。そして「風になびく木」のように、最初《さいしょ》は左に、次は右に耳をなびかせましたが、体にふりかかる木の葉の葉ずれ以外《いがい》なにも聞こえません。

「きっと夢《ゆめ》だったんだ」

　アルフィーは悲しく考えると、また、ねむりに落ちていきました。

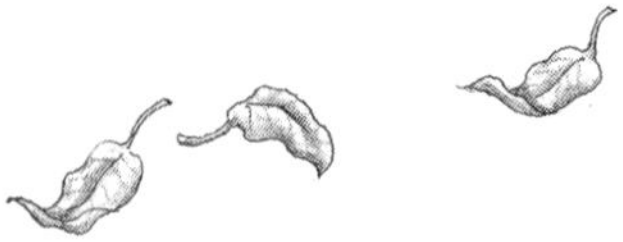

ほんの二つか三つの茂《しげ》みをへだてて、チャーリーが声をかぎりにさけんでいました。

「アルフィー！　アルフィー！　ここだよ、ぼくだ！　ここにいるよ！」

何度も、何度も、くりかえして。

「もうじゅうぶんよ」

と、ママ。

「声がつぶれちゃうわ。駅の近くのお店と、あのすてきなイタリアン・レストランにもポスターをはらせてもらって、家に帰らなくちゃ。すこし休みましょう。明日またもどってきて、あなたが学校に行っている間に森のほかの場所をさがすわ」

「ああ、ママ！」

と、チャーリー。

「アルフィーがいなくなっているのに、学校なんかに行けないよ！」

「悪いけど、どんなことがあっても、学校を休むわけにはいかないわ。とにかく、今は家に帰らなくては。さもないと、明日の朝起きられないわよ」

「わたしは、暗くなるまでさがし続《つづ》けます」

と、ジェニー。

「わたしも」

と、リタ。

「わかったわ」

と、ママ。

「明日また会いましょう。アルフィーが見つかったら電話してね！」

「ええ、もちろん」

ジェニーは、明るく希望《きぼう》にあふれているように答えましたが、内心は、はいている長ぐつのようにどろまみれでした。

第 14 章

「あのコをどうしたらいいかしら？」

土の巣穴《すあな》の暗やみのなかで、フィクシットに寄《よ》りそいながら、サンセットがききました。

「まあ、家のすぐ外に、そんなに長いこと、いさせるわけにはいかない」

と、フィクシットはふきげんに言いました。

「それはたしかだ」

「家のとなりにもうひとつ大きな巣穴をほって、あのコ用にできないかしら」

と、サンセットが提案《ていあん》しました。

「とってもたよりないんですもの」

「ぼくは、賛成《さんせい》できないよ」

と、フィクシットがやさしく言いました。

「親切な考え方だ、でも現実的《げんじつてき》じゃない。ともかく今は腹《はら》がへった。さあ、もうおもてが暗くなったか見に行こう」

　外では、アルフィーが茂《しげ》みから出て、巣穴《すあな》のすぐそばで横になっていました。もつれた灰色《はいいろ》のイバラや、ほこりっぽい葉っぱにとり囲《かこ》まれて、じっと静かに横たわるアルフィーは、夕方のうす暗がりにすっかり溶《と》けこんでいました。

「ずっと動かなかったんだよ」

　アルフィーは、ほこらしげに言いました。

「キツネとおんなじようにする練習してるんだ」

「キツネと同じね」

　サンセットが、アルフィーの鼻をやさしくなめました。

「よくやったわ、ぼうや」

「においもキツネと同じだ」

　アルフィーのよごれた体のにおいを、満足《まんぞく》げにかぎながら

フィクシットも言いました。

「晩《ばん》ごはんはなあに?」

と、アルフィー。

「ぼく、ぺっこぺこ」

みんなは、手軽に晩ごはんを食べるために、ゴンドラの裏手《うらて》のゴミ箱に向かうことにしました。

フィクシットとサンセットは、生ゴミの収集《しゅうしゅう》日《び》が明日の朝なのを知っていて、ゴミ箱あさりには、完《かん》ぺきでした。行く道々、二ひきはアルフィーに、こそこそ歩きのしかたや、ひらけた場所ではわきにいることや、一度に二、三歩進んでは止まってあたりを見まわすこと、そしてなにかがカサッとでも音をたてたらこおりつくこと、いつも一度に数歩の速い足どりで動くことなどを教えました。アルフィーのレーダーのような耳は、道中の見はりにとても役だちました。アルフィーは新しい友だちに、前の音も後ろの音も同時に聞ける「両方向聞きとり可能耳《かのうみみ》」を、じまんげに見せました。そのうえ、茂《しげ》みにすがたをかくしたまま、鼻せんぼうきょうのように、鼻をまげてだれかが来たのをかぎわける方法《ほうほう》も示《しめ》しました。

「この子が、本当に役にたつ技術《ぎじゅつ》を持ちあわせていることをみとめなくちゃね、ミスター・フィクシット」

と、サンセットが主張《しゅちょう》しました。

「そのとおりだ」

と、フィクシット。

「だが、残念《ざんねん》ながら図体《ずうたい》がでかすぎる。さもなくば、まさしくまことの名誉《めいよ》キツネとなっただろう」

みんなは、森がぷっつり終わる場所にやってきました。そ

こは商店街《しょうてんがい》の裏手《うらて》に広がる、短い丈《たけ》の草原でした。いくつかの茂みと、まわりをベンチで囲《かこ》まれた池があります。レストランと草原をへだてた花屋さんの間には、小道がとおっていて、そこから続《つづ》く舗装《ほそう》道路が、反対側《はんたいがわ》の住宅《じゅうたく》へと向かっています。遠い駅のプラットホームに続く線路には、跨線橋《こせんきょう》がかかっていました。舗装道路に沿《そ》った街灯《がいとう》が、すべてのものをオレンジ色に染《そ》めあげています。

電車がとつぜん深い切りとおしをとおって、駅に進入してきたとき、ちょうどこの小さなグループは、ぼうぼうのニワトコの茂みから、イバラの群生《ぐんせい》にすばやく移動《いどう》していました。

「動くな!」

フィクシットが命令《めいれい》しました。

「ふせてじっとしていろ、アルフィー。電車が行ったあと、人間たちがこの舗装道路をよく歩くんだ。ぼくがいいと言うまで、動くんじゃない」

みんな、完全《かんぜん》に静止しました。アルフィーは、草の上にふせをして、耳で目をおおっていました。電車が出発するときのガタンガタンとか、ピーとかいうやかましい音に、あわてふためかないように。

「オーケー、あいぼう」

と、フィクシット。

「みんな、行っちまった。実際《じっさい》いいタイミングだ。あと三十分は電車も来ないし、調理助手が食べ物入りのゴミ箱を、ちょうど運びだしたところだ。だから、あと一時間は調理助手も出てこない。さあ、晩飯《ばんめし》を食いに行こう」

第 15 章

ゴンドラの裏手《うらて》にあるふたつのゴミ箱は、喫茶店《きっさてん》のものよりずっとごうかでした。アルフィーが心から満足《まんぞく》したのは、残《のこ》り物《もの》すべてにチーズがまぶされていたことでした。チーズ・パスタとか、チーズ・ピッツァとか。お肉の残り物でさえ、粉《こな》チーズで夢《ゆめ》のようにおおわれていました。ここはディア・ハウンドの天国でした。アルフィーは後ろ足で立ちあがると、ゴミ箱のふたを鼻でおしあけ、ガーリック・チキンだのスパゲティだのといったごちそうを引きずりだしては、フィクシットとサンセット

のために地面に落としました。

「こんなに大きなゴミ箱のときには、本当に役にたつな」

　できるだけたくさん、がっつきながらフィクシットが言いました。

　数分のうちにゴミ箱の上のほうは、引きずりだされて、地面にばらまかれるか、食べつくされるかしてしまいました。

　アルフィーは首をのばしてなかをのぞきこみ、ずっと下のほうに、ほとんど手つかずのソーセージ・ピッツァがおしこまれているのを見つけました。アルフィーは前足でやかましくゴミ箱を引っかきまわし、もげそうになるほど首をのばし

て、貴重《きちょう》なピッツァをとろうとしました。

「気をつけて、アルフ」

サンセットが注意しました。

「音をたてすぎよ！」

おそすぎました。

アルフィーはバランスをくずすと、頭からゴミ箱にころげこみ、ゴミ箱はものすごい音をたてて、横向きにたおれました。

「走れ！」

フィクシットがほえました。

二ひきのキツネはあき地を

つっ走ると、森にかけこみました。いっぽうアルフィーは、あわてふためいて、ゴミ箱のなかで姿勢《しせい》を変《か》えようと、さけんだりもがいたり。出てきたときには、スパゲティやピッツァが帽子《ぼうし》のように頭からたれさがっていました。

アルフィーは、ふるえる足が運んでくれるかぎりの速さで森に飛《と》びこみ、巣穴《すあな》にもどっているサンセットとフィクシットのにおいを追いかけました。巣穴では、アルフィーの保《ほ》護者《ごしゃ》たちのきびしい叱責《しっせき》が待っていました。

ゴンドラの裏手《うらて》では、わかい調理助手のマルコが、何事が起きたのか調べるために出てきて、あき地の向こうの森をのぞきこみまし

た。

「あの音はなんだったんだ?」

同じくさわぎを調べに出てきたウエイターのロレンツォが、マルコにききました。

「イヌでした」

と、マルコ。

「森に走りこむとこがちらりと見えました。大きな灰色《はいいろ》のイヌ、ポスターとそっくりの」

第16章

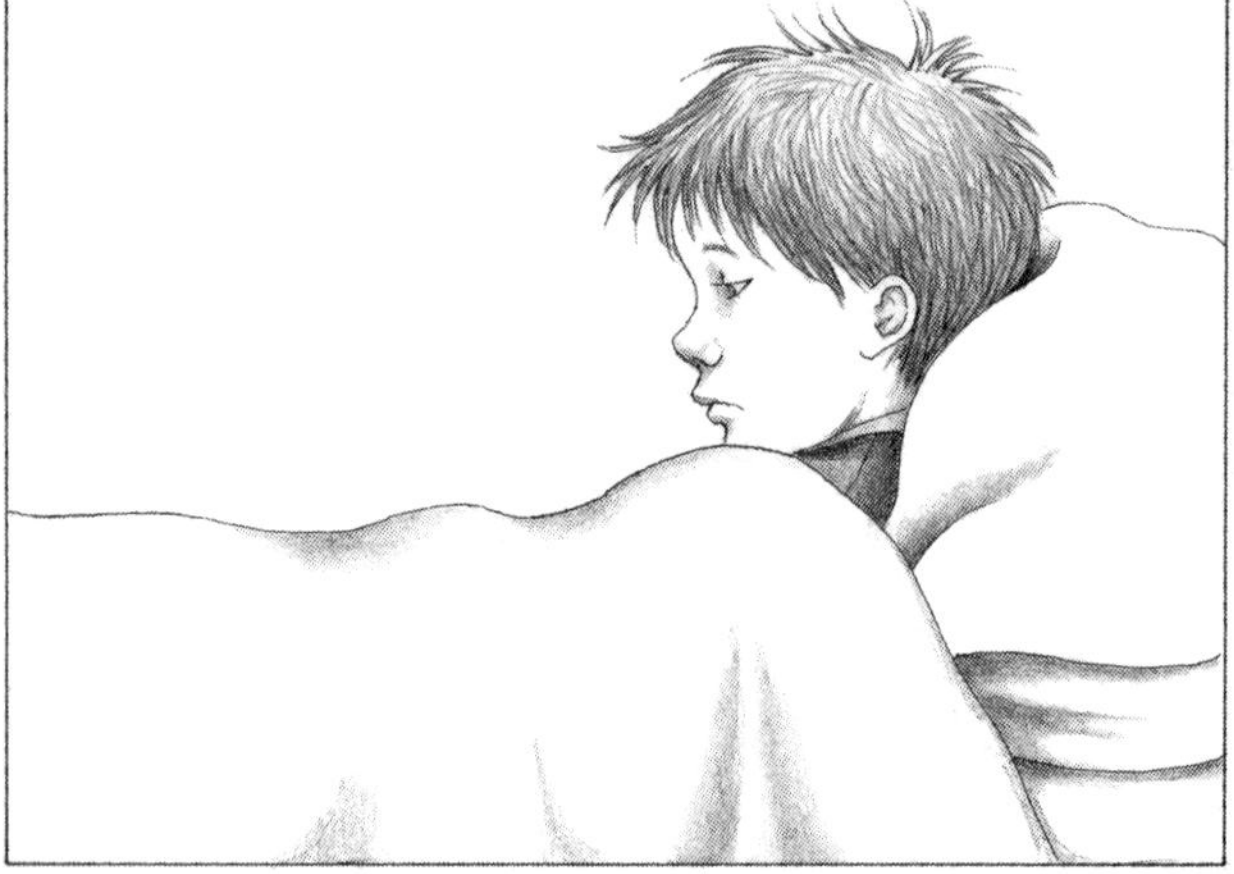

なにかひどい出来事が起こったとき、最悪《さいあく》のしゅんかんというのは、深いねむりからさめるとき。くたくたにつかれはててねむれば、どんなつらい事態《じたい》であろうと忘《わす》れていられるけれど、目ざめとともに、すべてがよみがえってくるからです。

朝、おそろしいしゅんかんがやってきて、チャーリーはのろのろとベッドから起きあがると、鼻をすすり、なきださないように目をこすりながら、階《かい》段《だん》をおりていきました。ママはチャーリーをひと目見て、学校に行かせるつもりだった気持ちを変《か》えました。

朝ごはんのあと、ママが見るとチャーリーは前庭の門にぶらさがって、通りを見つめていました。

「なにをしてるの？」

「念力《ねんりき》を送ってるの」

チャーリーは遠くを見つめたまま、ママをふりかえらずに言いました。

「魔法《まほう》の念力なんだ。ラジオの電波みたいな。ぼくたちがまださがしていること、アルフィーにきっと、わかる。アルフィーは見つかるよ。どうやってかはわからないけど、アルフィーは見つかる。ぼくには、わかるんだ！」

ママは目に涙《なみだ》をうかべました。

「ああ」

ママはチャーリーに近づいてだきしめました。

「アルフィーが見つからないことも、すこしはかくごしないとね」

「そんなこと、ぜったい言っちゃダメだ」

チャーリーは、声がふるえそうになるのをこらえながら言いました。

「考えるのもダメ。そうしないと念力《ねんりき》のききめがなくなるんだ」

まさにそのとき、電話の呼《よ》び出《だ》し音が鳴り始め、ふたりは電話をとろうと家のなかにかけこみました。

「ロレンツォ・ベルトーリです」

イタリア風のアクセントの声が言いました。

「まよいイヌのことでお電話しました。こちらでよかったですか?」

「はい、そうです!」

ママが答えました。

「昨夜《さくや》、おたくのイヌを見かけたと思います」

と、ロレンツォ。

「うちのレストランの裏手《うらて》で、ええと、駅の近くのゴンドラです。きのう、ポスターをはりにいらっしゃいましたよね」

「ああ、すばらしい！」

ママの胸《むね》は希望《きぼう》で高鳴りました。

「つかまりました？」

「残念《ざんねん》ながら」

と、ロレンツォ。

「でも、うちのゴミ箱からすばらしい食事をとっていきましたから、すくなくとも腹《はら》はすかせていませんね！　多分今夜また来ると思います。よろしかったら、こちらへいらして、見はったらいかがですか？」

「必《かなら》ずうかがいます！　お電話くださって、ほんとうにありがとう」

「ね、ママ」

チャーリーは、台所をはねまわりながら言いました。

「念力《ねんりき》が、もうききだしたでしょ」

「たしかにね！」

と、ママ。

「さあ、午後はもっとポスターをはりに行って、それからあのレストランで、スパゲティ・ボロネーゼを食べましょう。夜の残《のこ》りは、ゴミ箱のそばで待ちぶせしてすごすのよ！」

それは、このレストランですごす最初《さいしょ》の夜で、希望《きぼう》に満《み》ちあふれていました。昼間、全員がやる価値《かち》のあることをしてすごしました。ヒースの森のかた側《がわ》ではジェニーとリタが、反対側ではチャーリーとママが、ポスターをはり、アルフィーの名を呼《よ》びまわりました。チャーリ

ーとママは、喫茶店《きっさてん》にも情報《じょうほう》を集めに行きましたが、とくにありませんでした。その後、みんなはその日の働《はたら》きにふさわしい晩《ばん》ごはんを食べに、宵《よい》のうちにゴンドラに集まりました。アルフィーがいなくなって初めて、チャーリーはおなかがすいたと思いました。

「今夜アルフィーは、ぜったいやってくるって、ぼくにはわかってるよ！」

スパゲティ・ボロネーゼをほおばりながら、チャーリーは幸せそうに宣言《せんげん》しました。

「とってもりこうだから、どこでチーズを食べられるか、知ってるさ！　ディア・ハウンドは、晩ごはんのためにに町じゅうでいちばんのレストランを見つけるんだから。信用《しんよう》して！」

第 17 章

こちらキツネの巣穴《すあな》では、きみょうな三びき組が、夜の狩《か》りに出かける準備《じゅんび》をしています。

「チーズのゴミ箱のある、あのすてきな場所に行かないの？」

と、アルフィーがたずねました。

「きっと、おいしいものがあるよ」

「今夜は行かない」

と、フィクシット。

「月曜日はゴミの収集日《しゅうしゅうび》だ。ゴミ箱の底《そこ》のほうに、残り物《のこもの》があるだけだ。きのうの大さわぎのあとで、きみをゴミ箱に落っことすような危険《きけん》はおかせない。どっちみち、今夜は見はられてるさ。あすこは、二、三日あきらめなくちゃならないな」

「でも、知ってるでしょう、ぼく、なにも追いかけちゃいけないって言われているんだ」

アルフィーは、絶望的《ぜつぼうてき》に言いました。

「名誉《めいよ》にかけてやくそくしたのに、家に帰ったら、忘《わす》れちゃうかも。もし狩りをするようになっちゃったら、きっとフローレンスを追いかける！　もしフローレンスを食べちゃったら！　チャーリーがおこるに決まってる——フローレンスもだ！」

「あなたがネコを食べるなんて、だれも思っちゃいないわよ」

サンセットが、いらいらして言いました。

「ウサギなら——山ほどいるけどね」

「ウサギ狩《が》りもできないよ」

アルフィーは、ぎょっとして言いました。

「となりの家の女の子が、ブランチっていうウサギをかっているの。ウサギ狩《が》りをするようになったら、へいを飛《と》びこえてブランチを食べちゃうよ。きっとみんなが、めちゃめちゃおこる！」

「今夜は、食《た》べ残《のこ》しは見つからないよ」

と、フィクシット。

「ゴミ収集日《しゅうしゅうび》のあとはなにも残っていないから、狩《か》りをするか、はらぺこでいるかどっちかだ」

「ぼく、ここの茂《しげ》みの下で待ってるよ、もしよければだけど」

と、アルフィー。

「好《す》きなようにしなさい」

サンセットが言いました。

「また、あとでね」

ゴンドラの裏庭《うらにわ》では、リタとジェニー、チャーリーとママが、ゴミ箱や木枠《きわく》の後ろに、おしだまって座《すわ》りこんでいました。

　みんなは、アルフィーが、やわらかなオレンジ色の明かりで照《て》らされた草原を横切って、灰色《はいいろ》のゴーストのようなすがたをあらわさないかと、茂みや森に目をこらしていました。電車は、大きな音をたてて駅を出入りし、商店街《しょうてんがい》と住宅《じゅうたく》の間の道を、人々がとおりすぎていきます。茂みの下から顔を出したハリネズミが、うす明かりのなかで鼻を鳴らしました。でもそれ以外《いがい》、生き物のいる気配はありません。マルコが、最後《さいご》のゴミクズをゴミ箱に捨《す》てに来ました。終電が駅に到《とう》着《ちゃく》し、プラットホームの明かりが消え

ました。

捜索隊《そうさくたい》のみんなは、お休みなさいと言いあいながら、失望《しつぼう》が重いコートのように、肩《かた》にのしかかってくるのを感じました。

「ほんとにほんとに、アルフィーが来るにちがいないって思ってたんだ」

チャーリーは、こみあげる涙《なみだ》をぬぐいました。

「ママ、いったいアルフィーは、どこにいるんだろう?」

ママと車に乗りこみながら、チャーリーが言いました。

第 18 章

数週間がたちました。最初《さいしょ》のうち、何人かの人たちが、ポスターのイヌを見たと電話で知らせてくれました。そのなかのひとりに、庭つきの大きな家に住む老婦人《ろうふじん》がいました。裏庭《うらにわ》が、森に面しています。老婦人が言うには、ある朝、とても早い時間に、巨大《きょだい》な灰色《はいいろ》のイヌが、小鳥のために出しておいたパンをくわえて、庭からにげさるのを目撃《もくげき》したとのこと。チャーリーとママは、老婦人の家に飛《と》んでいき、何時間も名前を呼《よ》んでさがしました。アルフィーは見つかりませんでした。

　ほかには、三人の人がポスターのイヌを見たと電話してくれましたが、どの人も、イヌは、茂《しげ》みのなかににげてしまったと言うばかりで、だれもつかまえてはいません。

ジェニーとリタは、毎週動物救助《きゅうじょ》センターをたずねていましたが、希望《きぼう》はだんだんうすらいでいました。ポスターの色もあせていきました。


ある朝、ふたりの男が自分たちの老犬《ろうけん》を散歩《さんぽ》に連《つ》れだして、木にはられたボロボロのポスターの前で、立ち止まりました。

「こりゃあ、いいぞ！」

と、スタンという男が言いました。

「見てくれよ、バート。まだここらに、こいつがいると思うか？　わかいディア・ハウンド、猟犬《りょうけん》の王さまだ。狩《か》りにこいつを連れていければ、なにをやらかせるか、考えてみてくれよ。うちのイナズマのやつは、ちっとばかり、老《お》いぼれてきてるだろ」

イナズマは、かた耳をちょいとあげると、すぐにまたおろ

しました。

「ごめんよ、じいさん」

スタンは、イナズマの頭をやさしくかきながら、続《つづ》けました。

「わかいころのおまえは、最高《さいこう》だったよ」

ふたりは、ポスターにじっくり目をとおしました。

「数週間前にはられたんだな」

と、バート。

「なまえはアルフィーか。とっくの昔に見つかってるさ」

「だからって、気をつけておいてもそんはないだろう?」

と、スタン。

「もしかしたら、もしかしたりするぜ」

チャーリーは、決してあきらめません。毎日学校に行く前に、前庭の門にぶらさがって、魔法《まほう》の念力《ねんりき》を送り続《つづ》けました。そんなチャーリーを見るにつけ、ママはたえきれない思いでした。あんなにおく病であまえんぼうのイヌが、きびしい冬の森をひとりきりで生きぬけるなどと信《しん》じるのは、むずかしいことでしたから。でも、もちろんアルフィーはひとりきりではありません。

キツネの巣穴《すあな》では、アルフィーとキツネの夫婦《ふうふ》の日々の行動が、だいたい決まってきました。夫婦がどんなに言いきかせても、アルフィーは、狩《か》りをするのをきっぱりこばんでいます。

そこで、キツネたちがウサギ狩《が》りに出かけている間、アルフィーは、夜明けの喫茶《きっさ》店《てん》でゴミ箱をあさったり、レストランが店じまいし、すべての人が寝静《ねしず》まった明け方のゴンドラへ、食べ物さがしに出かけたりしました。ときどき、夫婦もいっしょに行きました。でも、今ではあまりものにおびえなくなったアルフィーは、たいていひとりで出かけました。巣穴からの道すじもかんたんですし、キツネたちに教わったとおりに用心深く立ち止まったり、動きだしたりしながら、そっとコソついていきます。

チャーリーやママが見はりをしている夜や、ときにはジェニーやリタもいっしょのときに、アルフィーもしばしば出かけました。でも、残念《ざんねん》なことにアルフィーも捜索隊《そうさくたい》も、おたがいがいる時間がずれていたのに気づきませんでした。

「ぼくの首輪《くびわ》、きつくなっちゃった」

ある夕方、みんなで巣穴の外で寝ころんでいるときに、アルフィーが言いました。これから、完全《かんぜん》に暗くなるのを待って、食料《しょくりょう》集めという重要《じゅうよう》な任務《にんむ》

に出かけるのです。

「見せてごらん」

と、サンセット。

アルフィーは、座《すわ》りなおして首をのばしました。

「たしかに」

フィクシットが、アルフィーの首をのぞきこんで言いました。アルフィーは、あいかわらずやせてはいましたが、体がたいそう大きくなり、首輪《くびわ》が首に食いこむようになっていました。

「これは、はずしたほうがいいな。ちっそくしちゃうよ。寝《ね》ころびなよ。そしたらとどくから。あれまあ、ほんとにでかくなったな！」

フィクシットは、下あごを首輪の下に差《さ》し入れ、上あごでがっしりはさみこみ、革《かわ》を噛《か》み始めました。これはたいへんな仕事で、しばらくするとフィクシットは音《ね》をあげてしまい、サンセットにかわりました。

二ひきはしんぼう強く、かわるがわるかたい革を噛み続《つづ》けましたが、フィクシットが四回目に噛んで、ついに首輪ははずれました。アルフィーは頭を左右にふりました。

「ほんとにありがとう。とっても楽になったよ」

アルフィーは、礼儀《れいぎ》正しく言いました。

「これ、どうするの?」

サンセットが前足で、はずした首輪をつつきながら言いました。

「もしよければ、ぼくが、茂《しげ》みにしまっとく」

と、アルフィー。

「自分が、だれだったかの思い出に。もしかしたら、忘《わす》れちゃうかもしれないから」

第19章

数週間がすぎ、数か月がたちました。晩秋《ばんしゅう》の強風で、木々はすべての葉を落としました。アルフィーは嵐《あらし》が大きらい。茂《しげ》みの下で身をすくませながら、台所のクッションの上でフローレンスと身を寄《よ》せあってすごしたことを思い出していました。なかでもいちばんすてきな思い出は、チャーリーが夜こっそりベッドへ連《つ》れていってくれて、頭をなでながら歌をうたってくれたこと。

そんな思い出も、ずっと遠い昔のことのように思えました。そして喫茶店《きっさてん》は、もうすぐ冬の休業期間に入ります。

エサをあされるのは、ゆいいつゴンドラのゴミ箱だけになります。ゴンドラのゴミ箱は、しっかりしまりすぎていて、大きな音をたてずにはあけられないことがありました。そうなると、アルフィーはしょっちゅう腹《はら》ぺこです。

ある朝、フィクシットとサンセットは、アルフィーが寝《ね》ているところにやってきて、つついて起こしました。キツネたちは日中を、とくに朝早くは寝てすごしますから、これはとてもめずらしいことでした。

「なあに？」

アルフィーはたずねました。

「あのねえ」

と、サンセットが興奮《こうふん》して話しだしました。

「今朝《けさ》早く、喫茶店の前をとおりすぎたら、なにがあったと思う？　あなたのポスターよ。テーブル近くの掲示板《けいじばん》にはってあったわ。半分、木陰《こかげ》になって見えなかったんだけど、今は葉っぱが落ちて、よく見えるわ」

「ほんとにぼく？」

と、アルフィー。

「きっと、そうだ」

と、フィクシット。

「赤い首輪《くびわ》をしてソファに座《すわ》っている、大きな写真だ。ソファは緑色の地に、大きなオレンジ色の花がらだよ」

「そうだ！」

アルフィーは、ほえました。

「まちがいなくうちのソファだ！　ぜったいぼくだ！」

「ポスターのほうが、今のあなたよりかっこいいけどね」

と、サンセット。

「でも、ぜったいあなたよ。人間がいるときに、

ポスターの横に座ってみたら？　喫茶店《きっさてん》はいつも冬の間は、しまっちゃうから、今週末が最後《さいご》のチャンスよ」

「そりゃあ、いい考えだ」

と、フィクシット。

みんなは、土曜日の午後を選びました。

ふしぎなめぐりあわせで、チャーリーとママもお昼ごはんを食べに喫茶店に行くことにしていました。冬の休業を前にして、ローズマリーとケンにあいさつをしておきたいと思ったのです。チャーリーは、すっかり落ちこんでいました。アルフィーに関《かん》する情報《じょうほう》は、もう入ってきませんでしたし、ママは今でも、いつもの場所の見まわりに連《つ》れていってくれるものの、このごろでは「いつまでも、こんなこと続《つづ》けられないわよ」とか「もしかしたら、どこかのやさしい人に飼《か》われているわよ」とか言いだす始末でした。ゴンドラでの夕食も、あまり気が進まないようすです。ゴンドラでは、ふたりをお得意《とくい》あつかいして、料金《りょうきん》をおまけしてくれるというのに。

チャーリーとママが、喫茶店《きっさてん》を出て二十分しかたたないうちに、二ひきのキツネとアルフィーがすがたをあらわしました。庭を囲《かこ》む柵《さく》の外側《そとがわ》までのびているやぶに身をかくして、そろそろ進んできます。庭のテーブルには、両親とふたりの女の子、乳母車《うばぐるま》に乗せられた赤ちゃんという一家が、席《せき》をとっていました。そこはつごうのいいことに、アルフィーのポスターがはられた木のすぐ横でした。

その一家は、しっかり着こんでいたので、外の席に座《すわ》ることにしたのです。お父さんが食べ物を注文しに、店のなかに入りました。すると、女の子のひとりが、お母さんになにかたのみました。お母さんは気軽に立ちあがると、お父さんに続《つづ》い

て店の中に入っていきました。追加《ついか》の注文をする間も、お母さんは大きなガラス窓《まど》をとおして子どもたちを見守っています。

「さあ、今だ！」

と、フィクシット。

「あすこに行って、ポスターの横に座るんだ。だれかが、きみを助けにきてくれるよ」

「ほんとに、そう思う？」

と、アルフィー。

「ぜったいよ」

と、サンセット。

「行きなさい、ぼうや。やっと家族に

会えるのね、とってもうれしいわ」

アルフィーは、ためらいながら、つぶやきました。

「お別《わか》れするの、さびしいよ」

「行くんだ」

と、フィクシット。

「そうするのが、いちばんだ」

そこで、アルフィーは出ていきました。

柵《さく》の小さな入り口はしまっていましたが、アルフィーはやすやすと飛《と》びこえて、ポスターのそばににじり寄《よ》ると、横に座《すわ》って、期待に満《み》ちて子どもたちを見つめました。

第 20 章

いろいろな理由から、なにもかもすべてが悪く運びました。まず第一の理由は、野外で暮《く》らすうち、アルフィーの外見が、ポスターとまったくちがってしまったことでした。赤いおしゃれな首輪《くびわ》をして、こざっぱりとよく手入れが行きとどいた、ポスターのコイヌには見えなかったのです。食《しょく》料《りょう》さがしでゴミ箱をあさるため、顔の毛はあぶらじみてテカテカしているし、体の毛はのびてしまったうえに、イバラや葉っぱをからみつかせています。毎晩《まいばん》、寝《ね》るのは茂《しげ》みの下のどろの上でしたから、体にはかわいたどろがこびりついていました。ポスターでは、耳のとくちょうを「かたほう

は黒で、もうかたほうはフワフワの灰色《はいいろ》」と説明《せつめい》してありましたが、今や両耳ともボサボサで、まったく見分けがつきません。なによりも悪かったのは、アルフィーが首《くび》輪《わ》をしていなかったこと。

よごれきった外見のおそろしさに加《くわ》えて、アルフィーの不幸《ふこう》は、笑《わら》ってしまったことでした。ディア・ハウンドの笑った顔にまつわる問題は、ディア・ハウンドのおこった顔とまったく同じに見えるという点です。ふたりの少女は、きょうふでこおりつきました。おとぎ話の大きな悪いオオカミが柵《さく》をおどりこえ、やって来るなり、ふたりに向かって歯をむきだしたと思ったのです。ふたりが悲鳴をあげるやいなや、両親が助けにかけより、サンドイッチの包《つつ》みを投げつけてさけびました。

「向こうへ行け」

と、お父さん。

「むすめに手出しをするんじゃない！」

アルフィーは、かわいく見えるようにお手をしましたが、みんながどなり散《ち》らしているのに気がついて引きかえすと、柵を飛《と》びこえようとしました。お父さんが、サン

LOST

ドイッチの包《つつ》みをもうひとつ投げつけました。アルフィーは、おどろくべき冷静さで、空中で包みをくわえると、あっという間に茂《しげ》みにすがたを消しました。

「ちょっと、待ってください」

と、ローズマリーが、店から飛《と》びだしてきました。

興奮《こうふん》しきった両親は、なきさけぶむすめたちをだきしめています。目をさました赤ちゃんも、頭をのけぞらしてないていました。

「今のは、ポスターのイヌだと思います。たぶん、エサをあさりにきたのでしょう」

「凶暴《きょうぼう》なケダモノみたいだったわ」

お母さんはすっかり腹《はら》をたてています。

「申しわけございませんでした」

と、ローズマリー。

「イヌがくわえていってしまったかわりのサンドイッチをお持ちいたします」

ローズマリーは、店にもどってケンに話しました。

「ぜったい、あのイヌよ。こんなに長いことたったのに、信《しん》じられない。大きな灰色《はいいろ》のイヌだったのよ。ちょっとよごれていたけどね。だって、二か月半も野外にいたんですもの。ドッグ・ショーの出場犬のように見えるはずがないわよね」

「たぶん、お母さんとぼうやは、まだ森にいるだろう」

と、ケン。

「なにがあったか、携帯《けいたい》に電話してみるよ」

チャーリーとママは、知らせを聞くやいなや、喫茶店《きっさてん》にかけつけました。ふたりは、アルフィーの名前を呼《よ》びながら、そこらじゅうをさがしまわりました。雨がふりだしました。最初《さいしょ》は小雨だったのが、だんだんひどくなってきましたが、チャーリーはものともしません。アルフィーの名前を呼《よ》びながら、できるだけ遠くへと茂《しげ》みをかき分けさがし続《つづ》けました。

「アルフィー、アルフィー！　出ておいで！　お願《ねが》いだよ、アルフィー！　ぼくだよ！」

　ケンとローズマリーは、チャーリーとママに、すこし休憩《きゅうけい》してお茶でも飲むようにとすすめました。ふたりとも、ぬれねずみでしたから。

「こんなのひどいや。もうちょっとお昼を食べにくるのがおそかったら、ア

ルフィーをつかまえられたのに。みんなにどなりつけられたから、すっかりおびえちゃってるよ」

チャーリーが言いました。

「アルフィーが歯をむきだしてうなったから、小さな女の子がおびえちゃったんだよ」

ケンが説明《せつめい》しました。

「アルフィーはうなったんじゃないよ！」

と、チャーリー。

「笑《わら》いかけたんだよ。いっつも笑ってるんだ。ポスターのすぐそばに座《すわ》ったんだね。自分がだれだか、わかってもらおうとしたんだよ」

「ほんとにアルフィーだったのかしら？」

ママが言いました。

「ポスターのとおりだったわ」

と、ローズマリー。

「大きくて、灰色《はいいろ》で、ボサボサのイヌ。首輪《くびわ》はしてなかったけど」

「たぶん、毛にかくれてたんだ。ぜったい、アルフィーだ。ここに、おきざりにするなんてできないよ、ママ」

チャーリーがきっぱりと言いました。

「わかったわ」

と、ママ。

「いったん家に帰って、着かえたらもどってきて、ゴンドラで晩《ばん》ごはんを食べましょう。それから裏庭《うらにわ》でゴミ箱のはりこみよ。ロレンツォが言うには、明らかにゴミ箱あさりは続《つづ》いているそうよ。もし、今日アルフィーが本当にここにいたのなら、夜になってゴンドラに来るかもしれないわ」

第21章

ねぐらに帰り着いたアルフィーは、茂《しげ》みの下でまるくなりました。冷たい雨つぶがたれてきます。アルフィーが寒さにふるえていると、サンセットが身を寄《よ》せて、なぐさめようとしてくれました。

「あなたが笑《わら》ったせいよ。人間ってばかだから、笑った顔とおこった顔の区別《くべつ》がつかないのよ。あなたのご主人だったら、わかったはずなのにね」

「でもご主人は、ぼくがどこにいるか知らないんだ」

アルフィーは、ささやきました。

「さがしてなんかくれないんだ。ぼくは、永遠《えいえん》にまいごだ。サマヨエル・ハウンドだ。

狩《か》りのしかたを練習したほうがいいのかな。ぼくが、なにをしようとだれも気にしないさ。もう二度と、だれもぼくをなでてくれないんだ」

アルフィーはキャンキャン鳴きだしましたが、すぐにやめました。キツネに教えられて、静かにしていなければならないことを知っていたからです。

「フィクシットは、どこに行ったの？」

「人間が、最初《さいしょ》に投げたサンドイッチの包《つつ》みを、拾いにもどったの。あなたの頭をかすめて茂《しげ》みに落ちたわ、まるまる一個《こ》よ。もったいないでしょ」

サラサラと下草の音をさせて、フィクシットがすがたをあらわしました。サンドイッチをくわえています。よほど速くかけてきたらしく、座《すわ》りこむなり、ハーハーあえぎました。

「いい知らせだ、アルフ！」

と、フィクシット。

「本当にいい知らせだぞ」

アルフィーは、フィクシットのほうへ耳をかたむけました。

「ぼく、聞いてるよ」

フィクシットが、こっそりもどって、イバラの茂みからサンドイッチを拾いあげようとしたちょうどそのとき、チャーリーとママが喫茶店《きっさてん》から出てきて、ケンとローズマリーにあいさつしようと立ち止まりました。フィクシットは、完全《かんぜん》に動きを止めて、待ちました。その間、フィクシットの頭上で、会話がかわされました。

「ゴンドラでゴミ箱あさりをしているのは、アルフィーにちがいないよ」

と、話しているのはケンです。

「森のなかに、まいごのディア・ハウンドが二ひきもいるはずがないし。幸運をいのるよ。本当につかまえられるといいねえ」

「試《ため》してみる価値《かち》はあるわね」

と、ママ。

「何時に行くつもり？」

ローズマリーがたずねました。

「ケンとわたしも合流するわ、店は四時にしめて。冬休みに入る最後の週末に、おいわいのパーティができるかもしれないわね」

「そうなったら、すごいわ。わたしたちは、七時に行くから、向こうで会いましょう」

と、ママ。

フィクシットは、そこでかわされた会話を正確《せいかく》にアルフィーに伝《つた》えました。

「まちがいなくきみの家族だ！」

フィクシットは、ほえたてました。

「茶色のまっすぐな髪《かみ》の女の人と男の子だ。ふたりは、今夜七時にゴンドラに行く。きみのすべきことは、そこに行って窓《まど》の外に座《すわ》ることだ。きみが笑《わら》ってもおどろかないさ。ふたりはきみを知っている。きみをさがしているんだ」

「ぼく、時間がわからないよ。どうしたら、ふたりが来たってわかる？」

と、アルフィー。

「お家には、車があった？」

と、サンセット。

「あったよ！　赤い車で、後ろのドアが開くの。ぼくが座れるように、バックシートを低《ひく》くすることができるんだ」

「それなら、ゴンドラに行って、その車が外に止まってたら、ふたりが来ているってわかるじゃないか。どっちにしろ、ぼくは何時だか当てるのがとくいだよ。ある種《しゅ》のカンがあるんだ。だから、われわれは、もう時間だと思ったら出発できるし、きみはきみで、念《ねん》のために車をたしかめたらいいだろう。わかった？」

フィクシットが言いました。

アルフィーは、だんだん元気をとりもどしました。自分の毛むくじゃらの顔を窓におしつけているようすを想《そう》像《ぞう》してみました。そして……チャーリーがぼくを見つけて、大喜びで歓声《かんせい》をあげると、外に走りでてきてぼくを

だきしめる。ママは、飛《と》びはねる。ぼくは、喜びのおたけびをあげるんだ。家に帰れば、どんなにホッとするだろう。缶詰《かんづめ》のごはんや、あったかくてふわふわのクッション。おふろやブラッシングにだって、文句《もんく》言わないぞ。フローレンスとのやくそくだって、喜んで守っちゃうんだ。

みんなで二包《つつ》みのサンドイッチを分けあっているうちに、またたくまに暗くなってきました。キツネの夫婦《ふうふ》は、アルフィーがとてもやせこけていると思っていましたから、できるだけたくさん、アルフィーに分けてあげるようにしました。

「時間だ」

夜になって、フィクシットがアルフィーに言いました。

「きみの家族は、今ごろゴンドラだろう。そろそろ七時だ。感じでわかる。きみが出かけて車をたしかめてもだいじょうぶだ」

「わたしたちも、森のはしまであなたといっしょに行くわ」

と、サンセット。

森のはしには、あき地が広がっていました。フィクシットとサンセットは、ちがう種族《しゅぞく》の下宿人にさよならを言いました。

「ぼくのめんどうを見てくれて、ありがとう」

アルフィーが言いました。

「ぼくの友だちになってくれて、本当にありがとう」

「気にしなさんな」

フィクシットがやさしく言いました。

「きみは、まさしくまことの名誉《めいよ》キツネに生《う》まれ変《か》わったよ。きみが仲間《なかま》になってくれて、楽しかった」

サンセットは前に進みでると、アルフィーのわきばらに頭をもたせかけました。アルフィーは頭をかたむけて、サンセットの頭の上にのせました。

「それじゃあ、さようなら」

草地にふみだしながら、アルフィーが言いました。

「元気でね」

と言おうと、アルフィーがふりかえったときには、二ひきのすがたは、もう下草のなかに消えていました。

第 22 章

アルフィーは、あたりをしんちょうに見まわして何事もないのを確認《かくにん》しました。駅には電車も止まっていないし、調理助手も出てきていないし、イヌを散歩《さんぽ》させている人もいません。つまり、外に人影《ひとかげ》はまったくなく、あたりは静まりかえっていました。アルフィーは、ゴンドラのわきの路地に向かって、注意深く歩いていきました。ほんのあと数歩を歩けば、窓《まど》ガラスの向《む》こう側《がわ》にみんなの顔が見える。ぼくに気づけば、みんなの顔は喜びにかがやくはず。自分たちのイヌが、とうとうぶじに帰ってきたって。

アルフィーは、路地の入り口で立ち止まりました。路地の行き止まりに駐車《ちゅうしゃ》している車の一部が見えました。車は赤くて、うちの車のようです。

アルフィーは、安心のあまりこしがぬけそうになりました。みんなが、そこにいる！

でも、路地の行き止まりのほうは、街灯《がいとう》がやけに明るくともっているのが見えます。

アルフィーは、キツネ流の注意深さをとりもどしました。前足をそーっとふみだし、頭は下げて、耳を「全身で傾聴体勢《けいちょうたいせい》」にしました。なんの音もしません。安全なようです。

アルフィーは、胸《むね》をドキドキさせながら路地を進んでいきました。一歩ふみだしては、止まり、二歩あるいては、止まり。路地を半分ほど進んだあたり、路地に面した二つの建物《たてもの》の間ぐらいに来たところで、ア

ルフィーは、もう一度音がしないかたしかめるために、ピタッと立ち止まりました。

とつぜん、ひとりの男の人が路地にすがたをあらわしました。おそろしいほどのぐうぜんですが、それはスタンでした。角《かど》の店で、イナズマにやるドッグフードの缶詰《かんづめ》を買ってきたところでした。

スタンは、両腕《りょううで》をたらしたまま、まったく動きません。アルフィーも同様でした。ふたりは、西部劇《せいぶげき》の決闘《けっとう》の場面のように、たがいに見つめあって立ちつくしていました。

やがてスタンが、とーってもゆっくり、手をそろそろとポケットに入れると、ドッ

グフードの缶詰《かんづめ》をとりだしました。とーってもゆっくり、プルタブを引っぱって、缶詰をあけました。

　牛肉のすばらしいにおいが、おなかをすかせたアルフィーの鼻にただよってきました。牛肉……アルフィーの大好物《だいこうぶつ》、チーズよりもずーっと好《す》きなものです。

「ほーら、アルフィー」

　スタンが、低《ひく》いやさしい声で呼《よ》びかけました。

「ほーら、ごはんだよ、ここだ、アルフィー」

「この人、ぼくがだれだか知ってる！」

　アルフィーは、考えました。

「名前を知ってるし、大好きな物も持ってきてくれた！　ご主人が、ぼくを連《つ》れによこしてくれた人かも！」

　スタンは、決して早く動かないように注意して、ゆっくりしゃがみ、指で牛肉をかきだすと、歩道の上に山もりにしました。そして、二歩後ろに下がりました。

「おまえのだよ、アルフィー」

　スタンは、やさしく親しげな声で言いました。

「全部、おまえのものだ」

　すばらしくおいしそうなにおいに、自分の名前を呼ぶ親切な声。あわれな腹《はら》ぺコのアルフィーには、もうがまんの限界《げんかい》でした。キツネが教えてくれたすべてを忘《わす》れはて、路地を走ると食べ物に飛《と》びつ

きました。

スタンは、すばやく行動しました。ポケットからリードをとりだすと、アルフィーの首に投げかけました。それでもアルフィーは、最初《さいしょ》のうち気づきませんでした。すばらしいごちそうの最後のひとかけまでたいらげるのに必死《ひっし》だったのです。

でも、スタンがリードをきつく引っぱると、たちまちパニックにおそわれました。アルフィーは、あらゆ

る手段《しゅだん》を試《ため》してみました。ぐるぐるまわったり、後ろ足で立ちあがったり、スタンの手からリードをもぎとろうとしたり。

でも、スタンは、イヌのあつかい方を心得《こころえ》ていました。断固《だんこ》としてアルフィーを放さず、あき地へ向かっていきました。リードは首に食いこみ、ちっそくしそうです。アルフィーはついていくしかありません。そのいっぽう、スタンはアルフィーに確固《かっこ》とした口調で、言葉たくみに話しかけ続《つづ》けましたので、アルフィーは、もしかしたら、この人はほんとに昔から自分を知っていて、助けに来てくれたのかもしれないと思わずにはいられませんでした。

「さあ、来るんだ、アルフィー」

と、スタン。

「気楽にして、そうだ、ちゃんと歩いてるぞ。そうだ、さあ来い。家はすぐ近くだ。いい子だ、アルフィー」

　アルフィーは、止まろうとしてもスタンにぐいと引っぱられるので、あきらめるしかなく、背《せ》をまるめてとぼとぼとあとをついていきました。でもアルフィーは、おそまきながら思い出したのです。今どんなにチャーリーの近くにいて、家に帰る絶好《ぜっこう》のチャンスだったのかを。

　アルフィーは、声をかぎりにほえ始め、にげだそうと突進《とっしん》しました。しかし、スタンがリードをきつく引き、ほえ声は、

とちゅうでむなしく消えていきました。

　スタンは、あき地とは反対側《がわ》の家々が建《た》ちならぶ間を、ようしゃなくアルフィーを引きずっていきます。アルフィーは、路地のほうへ頭をめぐらせて、最後《さいご》の絶望的《ぜつぼうてき》なまなざしを送りました。

　レストランのなかでは、チャーリーとママが、ケンやローズマリーとテーブルを囲《かこ》んで、ちょうど食事を始めたところでした。

「聞いて」

と、チャーリー。

「アルフィーがほえている。ぜったいアルフィーの声だ」

「きみは、特別《とくべつ》な耳を持ってるのかい」

ケンが言いました。

「ぼくには、聞こえないよ」

みんなだまって耳をすませました。

「わたしにも聞こえないわ」

ママも言いました。

「寒くなる前に食事をすませちゃいましょう。アルフィーをさがす時間なら、あとでたっぷりあるわ」

「でも、イヌがほえていたんだ」

チャーリーは言いはりました。

「ちょっと調べにいってもいいでしょう」

ママは、チャリーをじっと見つめました。

「あとになさい。今は食事が先よ、わかった?」

「わかった」

チャーリーは、根負《こんま》けしてつぶやきました。

「でも、ぜったいアルフィーだったんだ」

第23章

ホークランド・ヒースの森の上に、巨大《きょだい》な満月《まんげつ》がのぼりました。月に照《て》らしだされた木々は、ぶきみな灰色《はいいろ》の影《かげ》を、地上に落としています。フィックシットとサンセットは、巣穴《すあな》を出て夜の狩《か》りに出かけました。

サンセットは、アルフィーがいなくなり、うつろになった茂《しげ》みの下に目をやりました。

「あのコがいないと、変《へん》な感じ」

サンセットは悲しそうに、

言いました。

「あの大きなあまえんぼうがいるのに、なれちゃったみたい。あのコの家族が喜んでくれるといいんだけど」

「もちろん、喜んでるよ」

と、フィクシット。

「あんなにたくさんポスターをはって、さがしまわっていたんだ。今ごろ、うれしくってどうかなっちゃってるよ。きっと、ぼくたちのことなんか、もう忘《わす》れてるさ！」


ゴミ箱の後ろで、寒さにふるえながら寝《ね》ずの番をしたあと、チャーリーとママは、がっかりして商店街《しょうてんがい》にもどってきました。

「喫茶店《きっさてん》にいたイヌは、アルフィーだったかどうかわからないわ」

車に乗りこみながら、ママが言いました。

「ぼくには、わかってるよ。ぜったいアルフィーだったんだ」

「でも、そのイヌは首輪《くびわ》をしていなかったのよ。アルフィーだったら、赤い首輪をしてるはずよ。どこかよそのボサボサした大《おお》型犬《がたけん》かもしれないわ」

「アルフィーだったんだ」

チャーリーは断固《だんこ》として言いはりました。

「ぼくには、わかる」

「とにかく、今夜みたいにここにかよい続《つづ》けるわけにはいかないわよ」

ママは車のギアを入れて、家に向かって運転しながら言いました。

「ここ数か月でたったの六回しか、目撃《もくげき》情報《じょうほう》がなかったけど、それだって、アルフィーだったのかどうかわからないわ」
「六回って、とっても多いよね、ママ」
「あのねえ、永遠《えいえん》にこんなこと続けられないって言いたいのよ。あいている時間を全部使って、まだここにいるかどうかもわからないイヌをさがしにくるなんて。ジェニーがあなたに新しいコイヌをすすめてくれているの。考えるべきかもしれないわ」
チャーリーは、なにも言いませんでした。ただ冷たい窓《まど》ガラスに、頭をもたせかけて、必死《ひっし》でなくのをこらえていました。

「バート！　おれが見つけたものを見てみろよ！」

スタンは、アルフィーを引きずりながらげんかんに入ってきて、ドアをバタンとしめました。

バートは、台所からすがたをあらわすと、びっくりぎょうてんしました。

「こりゃあ、おったまげた！　ディア・ハウンドじゃないか」

「ただのディア・ハウンドと思ったら、大まちがい」

と、スタン。

「ポスターのやつだ。まちがいない

さ！　こいつのようすを見ろよ！　何か月も野外で生きていたんだ。においからもわかるだろ！　野生で長いこと生きぬくなんて、地球《ちきゅう》一のハンターにちがいないぜ。夜の散歩《さんぽ》に連《つ》れだすのにもってこいだ。自分の幸運が信《しん》じられねえよ」

アルフィーは、台所に連れていかれました。そこは乱雑《らんざつ》ではあったものの、思いがけず居心地《いごこち》のいい場所で、形のくずれたソファが二つと、とても古びたオーブンがおいてあります。オーブンわきの壁《かべ》のくぼみには、棚《たな》がとりつけられていて、床《ゆか》にはイナズマの寝床《ねどこ》がありました。イナズマは、アルフィーを見ると起き直って、歯をむきだしました。こんりんざい、笑顔《えがお》ではありません。

「やめろ、じいさん」

と、バート。

「ただのガキなんだから、なかよくしろ」

イナズマはベッドに横になると、うす目をあけてスタンとバートを見つめました。ふたりはソファにこしかけて、アルフィーをたんねんに調べています。

「いったいぜんたい、どこで寝《ね》ていたんだ？　キツネみてえなにおいがするぜ」

と、バート。

「いいから、こいつの胸《むね》え、見ろよ！」

スタンは、感嘆《かんたん》しています。

「両肩《りょうかた》の力みなぎるすばらしさ、ライオンのように強い足、完《かん》ぺきだ」

話している間ずっと、スタンはアルフィーの頭をなで続《つづ》けていました。そして、アルフィーをバートのほうにおしやりました。バートは、アルフィーの両耳につながる首すじを、マッサージし始めました。これがとても気持ちよかったので、アルフィーの頭はどんどんたれていき、しっかり立っていられないほどでした。

「気持ちいいか、ええ？」

バートは笑《わら》いました。

「うっひゃー、スタン、ちょろいやつだ。こいつをしこむのに、五分とかからねえぜ」

バートは、毛布《もうふ》や古着をかき集めてソファのあいだにアルフィーのベッドを作りました。

スタンは、角《かど》の店にもう一度ドッグフードを買いに行きました。

はじめこそ、アルフィーは首へのマッサー

ジャ、もらった食べ物を喜んでいました。でも、スタンとバートの話を聞いているうちに、自分がゆうかいされたことに気づきました。気づくやいなやアルフィーは、ほえ声をあげてかけまわりはじめました。

スタンが、アルフィーをつかまえて、リードで毛布《もうふ》の山に引きずっていきました。

「ベッドに入れ」

スタンはきびしく命じて、アルフィーを新しいベッドの上におしやり、背中《せなか》をようしゃなくおしつけました。

それからふたりは、テーブル・ランプだけ残《のこ》して明かりを消すと、台所から出ていきました。

イナズマが低《ひく》い声でうなり始めました。

「おめえの古巣《ふるす》に、もどっちまえ」

イナズマはののしりました。

「ぼくにおこらないでよ。ここにいるのは、ぼくのせいじゃないや。ぼくはゆうかいされたんだもん」

アルフィーは、クンクン鼻を鳴らしました。

イナズマは、鼻息をあらげて言いました。

「おめえが連《つ》れてこられたのは、おれがちっとばかり年とったせいだ。昔みたいにゃ、歩けねえし」

イナズマは、ぼやきました。

「後ろ足がよぼよぼしちまってなあ。それに、親分たちは新しいサーチライトを手に入れた。うまくつくかどうか試《ため》してみるのよ」

「サーチライトって?」

アルフィーはたずねました。

「あほたれ!」

イナズマが、にくにくしげに言いました。

「親分たちは、『夜の散歩《さんぽ》』に出かけるのよ、だもんでサーチライトが必要《ひつよう》ってわけだ。あの人らは、密猟者《みつりょうしゃ》なんだ」

「夜の散歩に出かける密猟者ってなあに?」

と、アルフィー。

「ぼくの友だちも、その人のことを注意してくれたけど、なにをする人たちなのか教えてくれなかったんだ」

イナズマは、アルフィーをまじまじと見つめました。

「おめえ、なんにも知らねえんだな」

「なんにも知らなくはないよ」

アルフィーは、明るく言いました。

「ご主人の名前がチャーリーだってことも、ぼくの大好物《だいこうぶつ》が牛肉だってことも、ネコのフローレンスとやくそくしたから狩《か》りに行けないことも知ってるよ」

「じゃあ、早いとこ忘《わす》れるんだな」

と、イナズマ。

「『夜の散歩』ってのは、狩りの一種《いっしゅ》だ。おめえをつかまえたのは、狩りの手伝《てつだ》いをさせるためだ。親分たちは、深夜ヒースの森へ行って、サーチライトをつける。そりゃあ、とほうもない光線で、ウサギだのなんだのを照《て》らしだすってすんぽうだ。ちょいとおもしれえぜ。サーチライトが照らすなかで、おめえはできるかぎりウサギをつかまえるし、スタンとバートは見えるかぎりのキツネを撃《う》ち殺《ころ》すのさ」

アルフィーは、口をあんぐりあけたまま、ぼうぜんとして座《すわ》りこんでいました。

「今朝《けさ》、新しいサーチライトがとどいたんだ」

イナズマは、しゃべり続《つづ》けています。

「消音スイッチがついているから、動物どもは照らされるまで気づかないし、すげえ明るいから、まるで月への道まで見えちまうぐらいさ！　おれの後ろ足がこんなに悪くなけりゃあなあ。おめえがひと晩《ばん》でどのぐれえ、ウサギをつかまえられるか、たまらねえ見ものだな」

アルフィーは、ベッドの上でしっかり体をまるめました。目を耳でおおい、鼻をかたほうの前足でふさぎました。

「ぼく、すこしねむったほうがいいみたい。もしよければだけど」

と、ささやきました。

「好《す》きにしな。いい夢《ゆめ》、見るんだぜ」

イナズマが言いました。

アルフィーは、どうやってここからぬけだそうか考えながら、てんてんと寝《ね》がえりをうちました。

「そわそわ動くんじゃねえ」

イナズマがうなりました。

「やかましくって、ねむれねえじゃねえか」

「ごめんなさい」

と、アルフィー。

「あのう、もしぼくが、この『夜の散歩《さんぽ》』をしなかったら、あの人たちどうすると思う?」

「おめえは、心底《しんそこ》、みょうちきりんなやつだな」

イナズマは、こわばった後ろ足で耳をかこうとして、ひっくりかえりました。

「おめえは猟犬《りょうけん》だろうが。猟犬てえものは、なんのためにできてんだ。狩《か》りだろ。おもしれえぞ。しばらくは、好きなふりをしてろ。そのうちになれるって。さあ、口をとじてねむるんだ」

「ふりをする!」

アルフィーは、考えました。

「いい考えだ！　ぼく、いいコのふり、できる。そしたら、リードをはなしてもらえるから、にげだせるんだ」

こう考えてアルフィーは、やっと落ち着くことができました。新しいベッドの上でながながと体をのばしました。茂《しげ》みの下のかたい地面で寝《ね》ていたあとでは、とてもやわらかだったのです。

第25章

次の日、バートとスタンが最初《さいしょ》にしたことは、裏庭《うらにわ》でアルフィーを洗《あら》うことでした。アルフィーはキャンキャンほえたり、リードをつけられたままはねまわったり大さわぎ。

でも、スタンはアルフィーをおとなしくさせるのがうまくて、きびしくしかったかと思うと、やさしく話しかけたりで、とうとうアルフィーはあばれるのをあきらめて、冷たさにふるえながらもじっとしているようになりました。

スタンがイバラや小枝《こえだ》をとりのぞいている間に、バートはものすごい量《りょう》のかわいたどろを洗《あら》い流《なが》しました。毛にしっかりからみついているイバラもあって、ハサミで切りとらなければなりませんでした。

「バート、見ろよ」

と、スタン。

「このイバラからすると、こいつ、よっぽどひでえところにいたんだな。おとなしくしてろよ、アルフィー。すぐに治《なお》してやっからな。ほら、ずっとよくなっただろ?」

たしかに、温かいストーブのそばでかわかされたことや、かゆいところに軟膏《なんこう》がぬられたのは、いい気持ちでした。たったひとついやだったのは、シャンプーのレモンのかおり。アルフィーは心からキツネのにおいが好《す》きだったのです。

バートやスタンとくらし始めた最初《さいしょ》の日から、アルフィーは自分がどんなに信頼《しんらい》できるイヌかを示《しめ》そうとしました。スタンが座《すわ》れば必《かなら》ず、アルフィーは飛《と》んでいってスタンのひざに愛情《あいじょう》深く頭をのせ、前足をさしだしましたし、スタンが新聞を読み始めると、アルフィーは新聞の下からかわいらしく鼻をつきだして、スタンをなめまわすのでした。

「よせよ！」

スタンは、笑《わら》いながら言いました。

「このイヌ、よっぽどおまえを気に入ったんだな」

と、バート。

「どこに行くにもついていくじゃないか」

「多分、こいつを見つけたのがおれだからさ」

と、スタン。

「忠実《ちゅうじつ》な質《たち》なんだ。ハウンドはみんなそうさ。もうすぐ、連《つ》れだしてためせるな。あまりほえないし……気がついてたか？　こいつを洗《あら》ったとき、すこしキャンキャンいっただけだ。ディア・ハウンドってのは、あんまりほえない……夜の散歩《さんぽ》にはもってこいだ」

第 26 章

ふたりがアルフィーを初めて「夜の散歩」に連れだすのに選んだのは、月のない夜でした。アルフィーは、リードをつけられたまま、完全《かんぜん》に服従《ふくじゅう》しきって歩いていました。ゴンドラの近くでスタンにゆうかいされて以来《いらい》、初めて家から出してもらえました。数週間というもの、世界一従順《じゅうじゅん》なイヌのふりをしてきたことがよかったのです。でも、アルフィーは、バートがサーチライトといっしょに、猟銃《りょうじゅう》を持ちだしたのを見て、うろたえました。やつらが銃なんて危険《きけん》きわまりない物を持ちだすなど、アルフィーは思ってもいませんでしたから。

「こいつをしこむのが、こんなにかんたんだったとは、とても信《しん》じられねえよ」

ヒースの森のはずれをあとにしながら、スタンが言いました。一行は住宅地《じゅうたくち》から遠くはなれた森の下生《したば》えにふみこみ、森の中心に向かって分け入っていきました。

「どこにでもついてくるんだぜ。風呂《ふろ》に入ってれば、外で横になってるし。イナズマのじいさんは、このガキみたいに人のごきげんとりなんて、こんりんざいしなかったぜ」

アルフィーは、スタンの手に鼻をすり寄《よ》せました。

「いい子だ」

と、スタン。

「さあ、静かにしろよ。音をたてるな」

一行は、木々がこんもり茂《しげ》った深い森を、三十分も歩き続《つづ》けました。夜、エサさがしに出かけていたおかげで、アルフィーが知っている細道もとおりました。ふいに、スタンがリードをするどく引いて、みな立ち止まりました。あたりは真っ暗やみで、夜空にそびえる木々のてっぺんが、かすかに見分けられるていどです。しばらく、だれも動きません。また、歩きだすのかなあと、アルフィーが待っていると、バートがいきなり音もなく、サーチライトをつけました。

ギラギラかがやく光線に照《て》らしだされたものは、アルフィーがおそれていた最《さい》悪《あく》の光景《こうけい》でした。

それは、強烈《きょうれつ》な光をあびせられ、びっくりして立ちすくんだフィクシットだったのです。

スタンはアルフィ

ーのリードをはなして、猟銃《りょうじゅう》をとりあげました。たちまちアルフィーは身をおどらせて、バートに飛《と》びかかるとサーチライトをたたき落としました。サーチライトは、あたりをゴロゴロころがってバートの足や、スタンのおこった顔を照《て》らしだしました。

「にげろ、フィクシット！」

アルフィーは、ほえたてました。

「命がけでにげろ。こいつら銃を持ってる！」

大こんらんがおきました。銃声が二発鳴りひびきました。だれかがサーチライトを拾いあげ、ふたりの男がおそろしい声でアルフィーの名前をさけんでいるのが聞こえます。アルフィーは、森のなかをできるかぎり速く、走りました。サーチライトに照《て》らされるのをさけて、あちらこちら身をかわし、イバ

ラの茂《しげ》みをつき進んだかと思うと、枝《えだ》に引っかかってしまったリードを引きはがし、がっちり茂った下生《したば》えのなかに飛びこみました。

とうとう、男たちの声も明かりもずっと遠ざかり、アルフィーはひと息入れるために立ち止まりました。かたほうの後ろ足がとってもいたくて、アルフィーは、不安《ふあん》でクンクン鼻を鳴らしました。ワラビの茂みにうずくまり、本当にふたり組がいなくなってしまったかどうか、きんちょうして耳をあらゆる方向に動かしました。

なんの音も聞こえません。アルフィーは横たわって、前足の上に鼻をのせました。あのふたりに追いかけられていないとわかるまで、ずっと待っていようと決めました。

第 27 章

フィクシットは、巣穴《すあな》に頭からつっこみ、土砂《どしゃ》といっしょにサンセットの上に落っこちました。

「気をつけてよ！」

と、サンセット。

「いったいどうしたの？　なにが起こったっていうの？」

フィクシットは、横たわってハーハー言いました。

「密猟者《みつりょうしゃ》だ！　猟銃《りょうじゅう》を持っていた。もっと悪いことに、アルフィーを連れ《つ》ていたんだ」

フィクシットは、あえぎました。

「アルフィーですって？」

サンセットは、大声をあげました。

「とっくの昔に家に帰ったじゃない。あのコだったのは、たしかなの？」

「ぼくを助けてくれたんだ。悪者の手から、サーチライトをたたき落としてくれた。ぜったい、アルフィーだ」

二ひきは暗やみのなかでじっとして、フィクシットがあとをつけられたようすがないか、耳や鼻をそばだてました。しばらくして、二ひきはきんちょうをゆるめました。

「やつらは、ここからずっと遠くにいる」

と、フィクシット。

「やつらは、ぼくたちを見つけられないと思うよ。ともかく、ぼくはぐるっと遠まわりをして、においを残《のこ》さないようにしたよ」

「ほかにも猟犬《りょうけん》を持ってるのかしら?」

「いいや。アルフィーだけだ。だから、ぼくたちはだいじょうぶだと思うんだ」

と、フィクシット。

まさにそのしゅんかん、巣穴《すあな》の入り口あたりから、カサカサ引っかくような物音がしました。二ひきのキツネは、ぎょっとして身を寄《よ》せあいました。

それから、二ひきがよく知っている声が聞こえました。

「ぼくだけだよ。だいじょうぶ。ぼく、あの人たちがいなくなるのを待って、遠まわりして来たの。連《つ》れてなんか来てないよ。ぼく、アルフィー」

フィクシットとサンセットは、ころがるように巣穴を出て、目の前の茂《しげ》みにたおれているアルフィーを見つけました。

「いったいぜんたい、どうしてきみは、あんなおそろしいやつらといっしょだったんだい?」

フィクシットがたずねました。

「とっくの昔に、家に帰って幸せになったとばかり思っていたよ」

アルフィーは、低《ひく》いうめき声をあげました。

「ごめんなさい！」

アルフィーは、ささやきました。

「本当にごめんなさい。でも、後ろの足がいたいの。ほんとにほんとにいたいの。きっとなにかあるんだと思う」

「かいでみるわ」

サンセットは、アルフィーの後ろ足をかぎまわりました。アルフィーは、悲鳴をあげたいのをがまんして、横たわっていました。

「銃《じゅう》で撃《う》たれたのよ」

サンセットは、フィクシットにささやきました。

「かいでみて。火薬と血のにおいがするから。

「ごめんなさい」

アルフィーは、あやまり続《つづ》けています。

「ぼくのせいじゃないの。うそじゃないよ。ぼく、さらわれて、あの人たちのイヌとしてしつけられたの。ぼくは、あの人たちの言うことに喜んでしたがうふりをするしかなかった……いたい！」

アルフィーは、思わず悲鳴をあげました。どうして、こんなにひどくいたむんだろう。

「どうしたんだろう！　ぼくの足、なんでこんなにいたいの？」

「さあ、さあ、ぼうや」

サンセットは、なだめるように言いました。

「おどろかないでね。銃《じゅう》で撃《う》たれたようなにおいがするの」

アルフィーは、おどろきました。

キャンキャンなきながら立ちあがろうとしましたが、おびえて足に力が入らず、茂《しげ》みの中にたおれこんでしまいました。

「やめろ！」

フィクシットがほえました。

「静かにしないと、やつらがもどってきて、ぼくたちを見つけてしまうぞ」

アルフィーは、おく歯を嚙《か》みしめました。

「茂みの下に、はっていけるかい、アルフィー。もし雨がふってきたら、ぬれちゃうからね」

と、フィクシット。

「まだ、ここにいてもいい？　今は動きたくないんだ」

アルフィーがたのみました。

結局《けっきょく》、キツネたちにも、アルフィ

ーが弱りすぎていて、動くのはむりだとわかったので、それぞれ、アルフィーの両わきに横になって、アルフィーをあたためることにしました。

「ごめんなさい、ひどいにおいがするでしょう」

と、アルフィー。

「なんかレモンのにおいがするもので、洗《あら》われちゃったの。気にならないといいんだけど」

「ちょっと、ぞっとするわね」

サンセットもみとめました。

「気にしないで。明日になれば、どろんこの中で、ころげまわれるわ。すぐにまた、キツネみたいなにおいになるから」

第28章

日曜日の朝のことでした。チャーリーとママは、朝ごはんのテーブルを元気なく囲《かこ》んでいました。目の前のトーストはすっかりさめてしまっています。

「ほかのコイヌなんて、ほしくないよ」

と、チャーリー。

「ジェニーはすすめてくれて、ほんとに親切だ。でも、ぼくは今でも、アルフィーを見つけられると思っているんだ。アルフィーがヒースの森にいるのに、どうしてほかのイヌのめんどうを見たり、いっしょに楽しんだりできるっていうの？」

「あの日、喫茶店《きっさてん》で目撃《もくげき》されてから、だれもアルフィーを見たって言う人はいないのよ。それだって、アルフィーだったのかどうか、わからないんだし」

「もうすこし、ポスターをはりに行けない？」

チャーリーは、たのみました。

「もうひと束《たば》だけ。今まではったのは、風で飛《と》んだり、よごれちゃったりしてるから。お願《ねが》い。今日はなにもすることがないんだし、行けるでしょ」

チャーリーのママは、大きなため息を吐《は》きました。

「わかったわ。もうひと束だけ、もう一回さがすだけ、それだけよ、チャーリー。起こったことを受け入れないと。アルフィーは帰ってこないの。悲しいし、おそろしいことだけど、奇跡《きせき》は起こったりしないのよ」

チャーリーはトーストを残《のこ》して、コートと、かかとが光るスニーカーをとりに行きました。ママがしたくをしている間、チャーリーは、外に走りでて、門に寄《よ》りかかりました。

チャーリーは、ここのところ数週間、学校があったり寒かったりで、念力《ねんりき》を送っていませんでした。数か月前、アルフィーを連《つ》れにきたジェニーの車が止まった道の先に、チャーリーはじっと目をこらしました。

そして、これを最後《さいご》と、アルフィーが必《かなら》ず見つかるという信念《しんねん》と願いをこめて、念力を送りました。

「したくできた？」

ママが呼《よ》んでいます。

「はい、ママ。ぼくは、ここだよ。もう、したくして待ってるよ。出かけようよ」

灰色《はいいろ》の夜明けがおとずれ、キツネの巣穴《すあな》の外で寝《ね》ていたきみょうな小グループは目をさましました。傷《きず》を負《お》ったアルフィーは、半分目ざめ、鼻を鳴らしてあえいでいます。サンセットは起きあがって、うす明かりのなかにのばした、アルフィー

のいたんだ足を調べました。傷口《きずぐち》は、かわいた血で、おおわれています。足の中央に黒い穴《あな》があいていました。

「ぐあいはどうだい、アルフ」

フィクシットが、そっとアルフィーにふれて目をさまさせました。

「出血は止まってるよ。よかった」

「いたい」

アルフィーは、クーンと鼻を鳴らしました。

「いたみがひどくなってる……ぼく、死ぬのかな?」

「そんなわけないでしょ」

サンセットがさけびました。

「わたしたちがぜったいなんとかするわ。そうじゃない、フィクシット？」

「そのとおり」

と、フィクシットはうけあいましたが、いったいぜんたい、どうやって助けたらいいか、いい考えがうかんでいなかったのです。

「なにはともあれ、急いでエサあさりに行って、みんなに朝ごはんを運んでくるよ」

「まだ、行かないで」

サンセットは、不安《ふあん》いっぱいの病犬のそばに、ひとりでつきそうのが、ゆううつでした。

「そんなにおなかがすいていないわ」

「ぼくも」

アルフィーもあわれっぽく言いました。

「ぼくはいつもおなかをすかせているのにね。ぼく、もうすぐ死ぬんじゃない？　はっきり言いたくないんでしょ」

アルフィーは、キャンキャンなき声をあげました。

「シィイイイ！」

と、サンセット。

「死んだりしないわ、やくそくしてあげる。いい？　こういうことにはなれてるの」

「そうなの？」

アルフィーは元気をだしました。

「そうよ」

サンセットは、しっかりとうなずきました。

「だから、静かに横になっていなさい。計画を実行にうつすのに、考えをまとめなくちゃ」

サンセットとフィクシットは、茂《しげ》みのなかの細い通路のはしまで歩いていきました。巣穴《すあな》の出入りのために二ひきでほったものでした。

「ぐあいはほんとに悪いわ」

と、サンセット。

「あのコをここにおいておくわけにはいかない。あの足は、自然には治《なお》らないもの。どうしたらいいのかしら？」

「今回にかぎって、どうしたらいいか、まるで思いつかないんだ」

と、フィクシット。

二ひきは背中《せなか》あわせに座《すわ》って、朝が明けてくるのを見つめていました。しばらくして、ふりかえってアルフィーを見ると、鼻を鳴らしながらねむっています。

「ぼくは食べ物を見つけてくるよ」

と、フィクシット。

「さがしながら、どうしたらいいか考えてみ

る」

フィクシットは、せかせかと茂《しげ》みを出ていき、サンセットはアルフィーのそばにもどりました。背中《せなか》あわせに体を横たえて、あたためてやろうとしたのです。

「ぼくをおきざりにしないで」

アルフィーが、つぶやきました。

「あたりまえよ」

サンセットが言いました。


チャーリーとママはヒースの森にやってきて、できるだけ広い範囲《はんい》にポスターをはりました。新しいポスターも用意しました。もうすこし成長《せいちょう》してボサボサの毛になったアルフィーのすがたを、コンピュータ処理《しょり》して作りあげたポスターでした。お礼もすると書きそえました。

「最初《さいしょ》から、お礼をすると言えばよかったね」

と、チャーリー。

「そうだったわね」

と、ママ。

「あんまり急いでポスターを作ったから、思いつかなかったわ。ごめんなさい」

最後に一枚《まい》を残《のこ》して、すべてのポスターを木々や、へいや、柵《さく》にはるのに二時間かかりました。ふたりは、とうとう広場のベンチに座《すわ》りこみました。

「最後のは、ここの掲示板《けいじばん》にはりましょう」

と、ママ。

「それでおしまい」

ママが最後《さいご》のポスターを画鋲《がびょう》でとめて、チャーリーのとなりにもどってくる間、フィクシットはテーブルの下草のなかで、こおりついていました。うまいことに、ふたりはテーブルに背《せ》を向けています。

「つかれたわ。すこしここで休みましょう」

ママが言いました。

「いいよ」

と、チャーリー。

「すくなくとも、できるだけのことはやったわね」

「そうだよ。とってもとっても、世界一やったよ」

フィクシットは身をふせ、音もなく茂《しげ》みのなかに消えました。森の精霊《せいれい》のように。

「ふたりが来てる！」

フィクシットは、巣穴《すあな》に続《つづ》く通路をすさまじいいきおいでかけていって、ほえました。

「だれが？」

おどろいて飛《と》びあがりながら、サンセットがききました。

「あのおそろしい男たち？」

「ちがう、ちがう！」

フィクシットは、笑《わら》いました。

「アルフィーの家族だよ！　広場にいる。角《かど》をまがってすぐのとこ。あのふたりなら、アルフィーを助けられるよ」

「どうやって？」

と、サンセット。

「このコを見て」

フィクシットは、アルフィーに目をやりました。フィクシットが出かけていた短い間に

も、アルフィーの容態《ようだい》は悪くなっていました。呼吸《こきゅう》は切れ切れになり、目はうつろで、たえず低《ひく》いなき声をたてています。

「しっかりしろ、アルフ」

フィクシットは、アルフィーのそばに来て、顔をなめてやりました。

「家族がすぐそこまで来ているぞ。起きあがって、なんとか歩けないか？　すぐそこなんだ」

アルフィーは、友だちのほうに目を向けましたが、うなり声をあげると、またねむりに落ちていきました。

「なんてことだ」

フィクシットは絶望《ぜつぼう》して言いました。

「ふたりは、そのうちいなくなっちゃうぞ。アルフィーのことを、どうやって知らせたらいいんだ」

サンセットが飛《と》びあがりました。

「そうよ、そうだわ。わたし、どうしたらいいか知ってる。ついてきて」

第29章

「さあ、永久《えいきゅう》にここにいるわけにはいかないわ。家に帰りましょう……あら、見てよ、チャーリー」

ママは、声をひそめてささやきました。

「広場のはしにキツネが二ひきいるわ。音をたてちゃだめよ。にげちゃうから」

チャーリーとママはだまりこんで、キツネの夫婦《ふうふ》を見つめました。すぐ茂《しげ》みにもぐってしまうだろうと思ったのに、そこに立ち止まっています。

「ぼくたちを見ているんだ、ママ」

チャーリーは表情《ひょうじょう》を変《か》えずに、ささやきました。

「一ぴきのキツネは、なにかくわえている」

フィクシットとサンセットは、とっさのときには、すぐににげだせるように身がまえて、注意深くそろそろと近づいてきました。もうすこしで、チャーリーとママの手がとどきそうになるぐらい。二ひきは立ち止まり、フィクシットが進みでて、ふたりの足もとになにかを落としました。

それは、アルフィーの首輪《くびわ》でした。

チャーリーは、それがなにかわかると、口をポカンとあけました。

「ママ！」

チャーリーは、あえぎました。

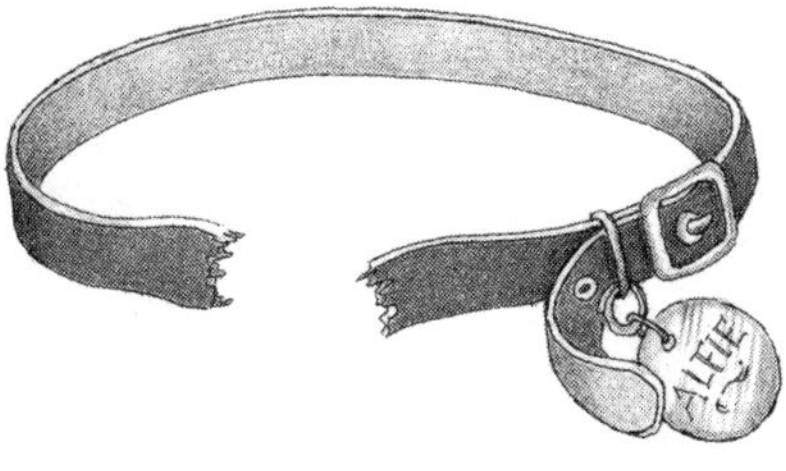

「アルフィーの首輪《くびわ》だ」

チャーリーは、とてもゆっくりかがむと首輪を拾いあげました。キツネの夫婦《ふうふ》はチャーリーが動くやいなや、広場の遠くのはしまでかけさりました。そして、そこで立ち止まり、琥珀色《こはくいろ》のひとみで、まじろぎもせずにじっと見つめています。

「見て、ママ！　名札《なふだ》がついてる！　首輪を運んできてくれたんだ。アルフィーがどこにいるか、知っているにちがいないよ！」

「でも、あいてはキツネよ！　いったい、なにを知っているって言うの？」

「わかんないよ。でも、アルフィーの首輪を運んできたじゃない？」

「ついていってもにげないかどうか、ためしてみ

ましょう」

ママは、おどろきのあまり胸《むね》をドキドキさせながら言いました。

「ゆっくりよ、こわがらせないようにね」

チャーリーとママが立ちあがるが早いか、サンセットとフィクシットは、とことこ進み始めました。

しばらく行くと立ち止まり、ふりかえってふたりがちゃんとついてきているかどうかをたしかめます。チャーリーとママも立ち止まり、キツネがまた歩きだすと、急いであとを追いました。立ち止まっては、歩きだし、また立ち止まっては歩きだしをくりかえし、とうとう森の深いところ、いつもの道からはずれたところに着きました。

「ずいぶん木がこんもりしているのね。とおりぬけられないわ」

生《お》い茂《しげ》ったイバラの枝《えだ》にからみつかれ、服が枝に引っかかって、ママが言いました。

茂みの下のトンネルのような通路の角《かど》をまがったところで、とつぜんふたりは立ち止まりました。

ふたりの目の前に、アルフィーが静かに身を横たえていました。首にまかれた

緑色のリードを体の下にして、いたんだ足はかわいた血でおおわれています。

　サンセットとフィクシットは、すこしはなれた巣穴《すあな》の入り口で立ち止まり、こちらを見つめていました。

「アルフィーー！」

　チャーリーは、さけびました。地面に身を投げだして、アルフィーの顔をやさしくなでつけました。

「見て、ママ！　アルフィーだ！　見つけたよ！　だいじょうぶだ、アルフ、もう、だいじょうぶだ。見つけたよ。見つけたんだよ」

ママがひざまずいて、アルフィーの足を調べました。

「これは、ひどいわ、チャーリー。だれかに撃《う》たれたのよ」

「撃たれた！」

チャーリーは、息をのみました。

「でも、よくなるよね、ママ。そうでしょ？　ぼくたちが、見つけたんだもの」

「だいじょうぶよ。ぜったい治《なお》るわ。ジェニーとリタと獣医《じゅうい》さんに電話して、アルフィーを運ぶのを手伝《てつだ》ってって、たのむわ。獣医さんは、大型《おおがた》の担架《たんか》を持ってきてくれるわ」

チャーリーは、アルフィーのとなりに座《すわ》って、アルフィーをなでながら、すすりなきました。

「アルフィーを見つけたんだ！」

チャーリーは、涙《なみだ》を流しながら笑《わら》いました。

「ほんとにアルフィーを見つけたんだ……ぼく言ったでしょ？　ここにいるのを知っ

てるって」

「魔法《まほう》の念力《ねんりき》がきいたのね」

ママは、ほほえみながら、ふるえる指でジェニーに電話しました。

「ジェニー？　なにが起きたと思う、ぜったい当てられっこないわ……アルフィーを見つけたの」


フィクシットとサンセットは、ジェニーとリタが、獣医さんや看護師《かんごし》さんを連《つ》れて、到着《とうちゃく》するのを見ていました。みんなはアルフィーをプラスティック製《せい》の担架にのせて、安全のためにひもでしばって運んでいきました。

「あのコの意識《いしき》があったらよかったのに。さようならを言いたかったわ」

サンセットが言いました。

「ぼくもだ」

と、フィクシット。

「まあ、とにもかくにも、今度こそ家族のもとに帰ったんだ。それに、今度こそ安全なんだ」

チャーリーが後ろをふりかえると、二ひきの救助隊《きゅうじょたい》と目があいました。二ひきは、やぶのなかの通路をそっとたどっていくところでした。

「ありがとう」

チャーリーは呼《よ》びかけましたが、キツネたちは巣穴《すあな》の入り口の暗やみにすがたを消してしまいました。

「さて、おくさん」

と、フィクシット。

「今すぐここを引きはらわなくちゃならないよ。人間にすみかを知られてしまったからね」

「悲しいわ」

と、サンセット。

「こんなにすてきなかくれ家《が》だったのに。でも、もちろんあなたの言うとおりよ。それに、今度はもうちょっとばかり広いといいわ。春ごろには、子どもたちがふえると思うのよ」

「よし、出かけよう」

と、フィクシット。

「喫茶店《きっさてん》の裏《うら》に、いいところを見つけておいたんだ。イバラの茂《しげ》みが生《お》い茂《しげ》ったまんまんなかさ。だれにも見つかりっこない……とくに、でっかいイヌッコロなんかには！」

第30章

アルフィーは、目をさまして、まだ夢《ゆめ》を見ているにちがいないと思いました。家に帰った夢は、何度も何度も見ましたから。でも、今回はいやにはっきりしています。

夢ではありませんでした。台所のクッションに横たわり、後ろ足にはしっかりほうたいが巻《ま》かれ、チャーリーがそばにいてやさしく頭をなでてくれています。

「見て、ママ。目をさましたよ。やあ、アルフィー。ぼくだよ。家に帰ってきたんだよ」

ママは、かがんでアルフィーの背中《せなか》の毛をくしゃくしゃにしました。

「あんたってコは」

ママはほほえみました。

「なんて目にあわせてくれたのよ、悪いコねえ」

「アルフィーのせいじゃないよ、ママ。そうだろ、アルフ？　アルフィーがしゃべれて、自分の冒険《ぼうけん》のことを話してくれたらなあ。とくにキツネのことが聞きたいよ。ディア・ハウンドって、キツネがきらいなはずでしょ！　あのキツネは、いったいだれなの？　どうして、アルフを助けるために、なにをすればいいか、知ってたの？」

アルフィーは、頭をあげると、大きなぬれた舌《した》で、ご主人の顔をなめました。

フローレンスは、カウンターからクッションの上にドサッと飛《と》びおりました。

「さてさて、帰ってきたのね」

と、ゴロゴロのどを鳴らしました。

アルフィーは、フローレンスを見てほほえみました。

「ぼく、やくそくを守ったよ。なんにも追いかけなかったんだ。ネズミだってさ」

「それなら、見直してあげる」

と、フローレンス。

「なにがあったのか、話してちょうだい」

「あとでね」

アルフィーは、まぶたをたれ、うとうととまどろみ始めました。

「今は、ねむりたいんだ……もう一度目をさましたとき、まだ、ここにいることがわかったら、とってもうれしいなあ。家にいるって、なんてすてきなんだろう」

著者：ジル・マーフィ Jill Murphy
1949年イギリス、ロンドンに生まれる。チェルシー美術学校、クロイドン美術学校で学ぶ。1974年に発表した『魔女学校の一年生』が人気を呼び、シリーズ化される。このシリーズはテレビドラマにもなった。日本では、『魔女学校の一年生』ほか、『魔女学校の転校生』『どじ魔女ミルの大てがら』『魔女学校、海へいく』（いずれも評論社）が刊行されており、『まいごの まいごの アルフィーくん』同様、挿し絵もマーフィ本人が描いている。

訳者：松川真弓 Mayumi Matsukawa
翻訳家。英米の絵本や物語の翻訳にたずさわる。ジル・マーフィの「ミルドレッドの魔女学校」シリーズのほか、『ねえ、どれがいい？』『アンナの赤いオーバー』『せかいのひとびと』（いずれも評論社）など多くの絵本の翻訳がある。

まいごの まいごの アルフィーくん
二〇一六年七月三〇日　初版発行
二〇一八年五月一〇日　二刷発行

◆著　者　ジル・マーフィ
◆訳　者　松川真弓
◆発行者　竹下晴信
◆発行所　株式会社評論社
〒162-0815　東京都新宿区筑土八幡町2-21
電話　営業〇三-三二六〇-九四〇九
編集〇三-三二六〇-九四〇三
◆印刷所　中央精版印刷株式会社
◆製本所　中央精版印刷株式会社

ISBN978-4-566-01397-1　NDC933　p.216　188mm×128mm
http://www.hyoronsha.co.jp

とっても楽しいシリーズ！

ミルドレッドの魔女《まじょ》学校

——ジル・マーフィ作・絵　松川真弓訳——

1　魔女学校の一年生

どじで失敗ばかりの魔女ミルドレッド。「ハリー・ポッター」の原型といわれる人気シリーズ第１作。

2　魔女学校の転校生

転校生のお世話をすることになったミルドレッド。ところがこの子がたいへんないたずらっ子！

3　どじ魔女ミルの大てがら

優等生のエセルにカエルに変えられてしまったミルドレッド。学校を飛びだしたけれど……。

4　魔女学校、海へいく

海へ出かけることになった魔女学校の生徒たち。ネコのトラチャンをいっしょに連れていきたいミルドレッドは？